JUMP j BOOKS

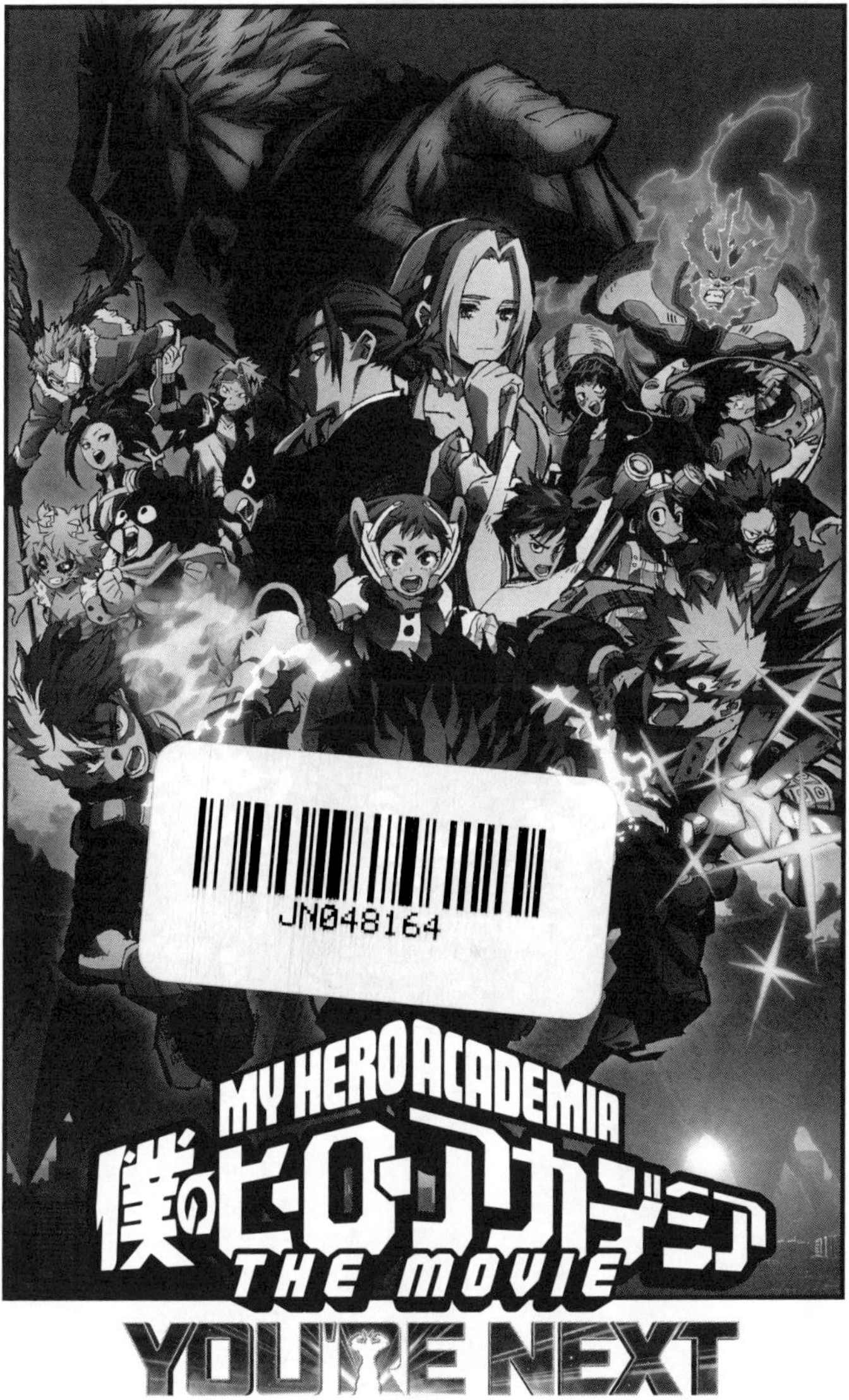

YOU'RE NEXT

ユア ネクスト

堀《ほり》越《こし》耕《こう》平《へい》　誉《よ》司《し》アンリ　脚本 黒《くろ》田《だ》洋《よう》介《すけ》

MY HERO ACADEMIA
僕のヒーローアカデミア THE MOVIE
YOU'RE NEXT
ユア ネクスト

CHARACTER
キャラクター

雄英高校《ゆうえいこうこう》ヒーロー科《か》

総人口《そうじんこう》の約《やく》8割《わり》が何《なん》らかの超常《ちょうじょう》能力《のうりょく》"個性《こせい》"を持《も》って生《う》まれる世《せ》界《かい》。事故《じこ》や災害《さいがい》、そして"個性《こせい》"を悪用《あくよう》する犯罪者《はんざいしゃ》・敵《ヴィラン》から人々《ひとびと》と社会《しゃかい》を守《まも》る職業《しょくぎょう》・ヒーローになることを多《おお》くの若者《わかもの》が夢見《ゆめみ》る中《なか》、"無個性《むこせい》"の主人公《しゅじんこう》・緑谷出《みどやいず》久《く》はヒーロー輩出《はいしゅつ》の名門《めいもん》・雄英《ゆうえい》高校《こうこう》に入学《にゅうがく》する。これは一人前《いちにんまえ》のヒーローを目指《めざ》し、成長《せいちょう》していく少年《しょうねん》の物語《ものがたり》である――。

ストーリー
STORY

八《や》百《お》万《よろず》 百《もも》
“個性《こせい》”
創造《そうぞう》
耳《じ》郎《ろう》 響《きょう》香《か》
“個性《こせい》”
イヤホンジャック
上《かみ》鳴《なり》 電《でん》気《き》
“個性《こせい》”
帯電《たいでん》
切《きり》島《しま》 鋭《えい》児《じ》郎《ろう》
“個性《こせい》”
硬化《こうか》
常《とこ》闇《やみ》 踏《ふみ》陰《かげ》
“個性《こせい》”
黒影《ダークシャドウ》
峰《みね》田《た》 実《みのる》
“個性《こせい》”
もぎもぎ
蛙《あ》吹《すい》 梅《つ》雨《ゆ》
“個性《こせい》”
蛙《かえる》
芦《あし》戸《ど》 三《み》奈《な》
“個性《こせい》”
酸《さん》
尾《お》白《じろ》 猿《まし》夫《お》
“個性《こせい》”
尻尾《しっぽ》
口《こう》田《だ》 甲《こう》司《じ》
“個性《こせい》”
生《い》き物《もの》ボイス
砂《さ》藤《とう》 力《りき》道《どう》
“個性《こせい》”
シュガードープ
障《しょう》子《じ》 目《め》蔵《ぞう》
“個性《こせい》”
複製腕《ふくせいわん》
瀬《せ》呂《ろ》 範《はん》太《た》
“個性《こせい》”
テープ
葉《は》隠《がくれ》 透《とおる》
“個性《こせい》”
透明化《とうめいか》

MY HERO ACADEMIA
僕のヒーローアカデミア
THE MOVIE
YOU'RE NEXT
ユア ネクスト

コンテンツ
CONTENTS

オールマイト
ALL MIGHT

{"個性"}
ワン・フォー・オール

Part《パート》.1
囚われの少女と花

その暗く広い部屋は異様だった。

大きなモニターの光源でうっすらと見える空間には重厚な柱が四隅に置かれ、装飾模様の施《ほどこ》された床は美しい。けれど壁と天井が隙間《すきま》無くビッシリと写真で無造作《むぞうさ》に覆《おお》われていた。

写っているのは様々《さまざま》なオールマイトだ。マッスルフォーム時から、本来の姿だけでなく戦っている最中のものやヒーロー活動している時のものが網羅《もうら》されている。

『そこまで醜《みにく》く抗《あらが》っていたとは、誤算だった』

モニターに映し出されているのは、神野《カミノ》区でオールマイトとオール・フォー・ワンが戦っている映像だ。オールマイトが表だったヒーロー活動から実質引退した伝説の戦いのクライマックス。

オール・フォー・ワンが、挑発するように強化された腕をオールマイトに振り下ろす。

『らしくない小細工だ。誰かの影響かな』

オールマイトが放った左の拳《こぶし》がオール・フォー・ワンの拳に遮《さえぎ》られる。

『浅い』

嘲《あざけ》るようなオール・フォー・ワンにオールマイトが言い放つ。

『そりゃあ腰が入ってなかったからな!!』

その鬼気《きき》迫《せま》る目にオール・フォー・ワンがハッとした。

オールマイトの振り上げた骨と皮だけのような細い右手が突如《とつじょ》大きくなる。自分の中にわずかに残っていたワン・フォー・オールの力すべてを右腕に集約したのだ。

『ユナイテッドステイツオブ……スマーッシュ!!』

血を吐きながら全身全霊をかけてオールマイトが放った拳は、驚愕《きょうがく》しているオール・フォー・ワンを顔面から地面に叩《たた》きつけた。あまりの衝撃《しょうげき》に地面が大きく円形に割れ、竜巻《たつまき》のように凄《すさ》まじい風塵《ふうじん》が舞い上がる。それが落ち着くと倒れているオール・フォー・ワンとそれを見下ろすように傍《かたわ》らに立っているオールマイトが映し出された。オールマイトの細い左腕がわずかに震えながらゆっくりと上げられ、頂点に達した瞬間、ヒーローとしての最後の仕事のようにマッスルフォームになった。

その姿は矜持《きょうじ》に満ちた偉大なヒーローの姿だった。

ヘリから中継していたアナウンサーが叫ぶ。

『勝利!　オールマイト!　勝利の!　スタンディングです!』

「ブラーボォ！　ブラーボォ!!」

その映像を豪奢《ごうしゃ》なソファで一人観《み》ていた男が、感極《かんきわ》まったように立ち上がり拍手とともに声をあげる。白いタキシードに身を包み、革《かわ》のマスクで顔を覆った大柄《おおがら》の男は、うっとりとした声色《こわいろ》で続けた。

「あぁ、最高だ……。いかなる困難をも克服《こくふく》し、己《おのれ》の理想に向かって驀進《まいしん》する……。やはり、オールマイトは最高だ……」

モニターの中、オールマイトがこちらを指さす。

『次は、君だ』

その言葉に男はハッとした。そして神託を受け取ったとばかりに胸に手を寄せ静かに言った。

「わかっているとも、オールマイト……。この俺が貴方《あなた》を……象徴を引《ひ》き継《つ》ぐ……」

静かな決意に満ちた声が部屋に消えていく。その言葉を向けられているだろう映像のオールマイトは当然何も応《こた》えることはない。

壁に貼《は》られたたくさんのオールマイトの写真にまじって、ポツンと少女の写真があった。頭にリボンをつけた少女は、悲しそうに眉《まゆ》を寄せた壮年《そうねん》の男性の横で沈んだ顔をしている。

MY HERO ACADEMIA

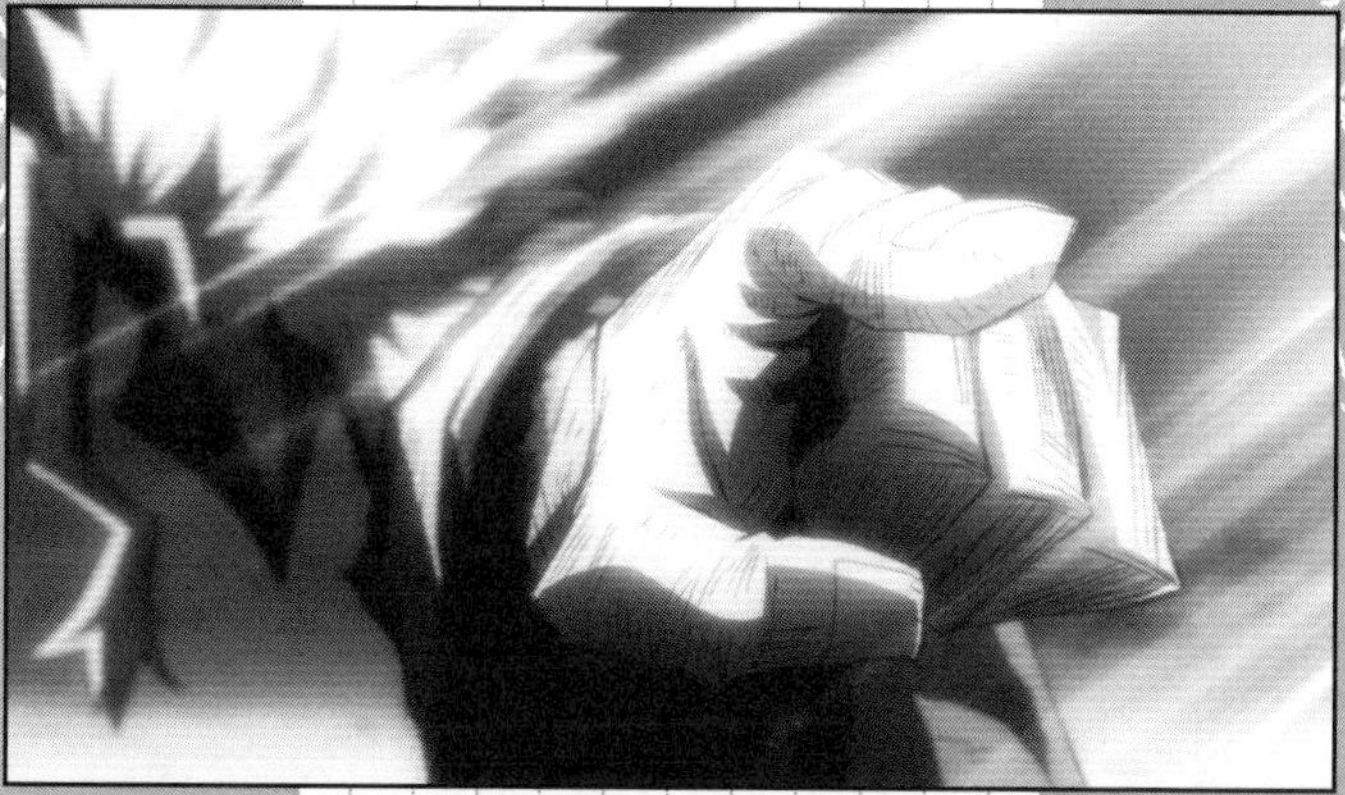

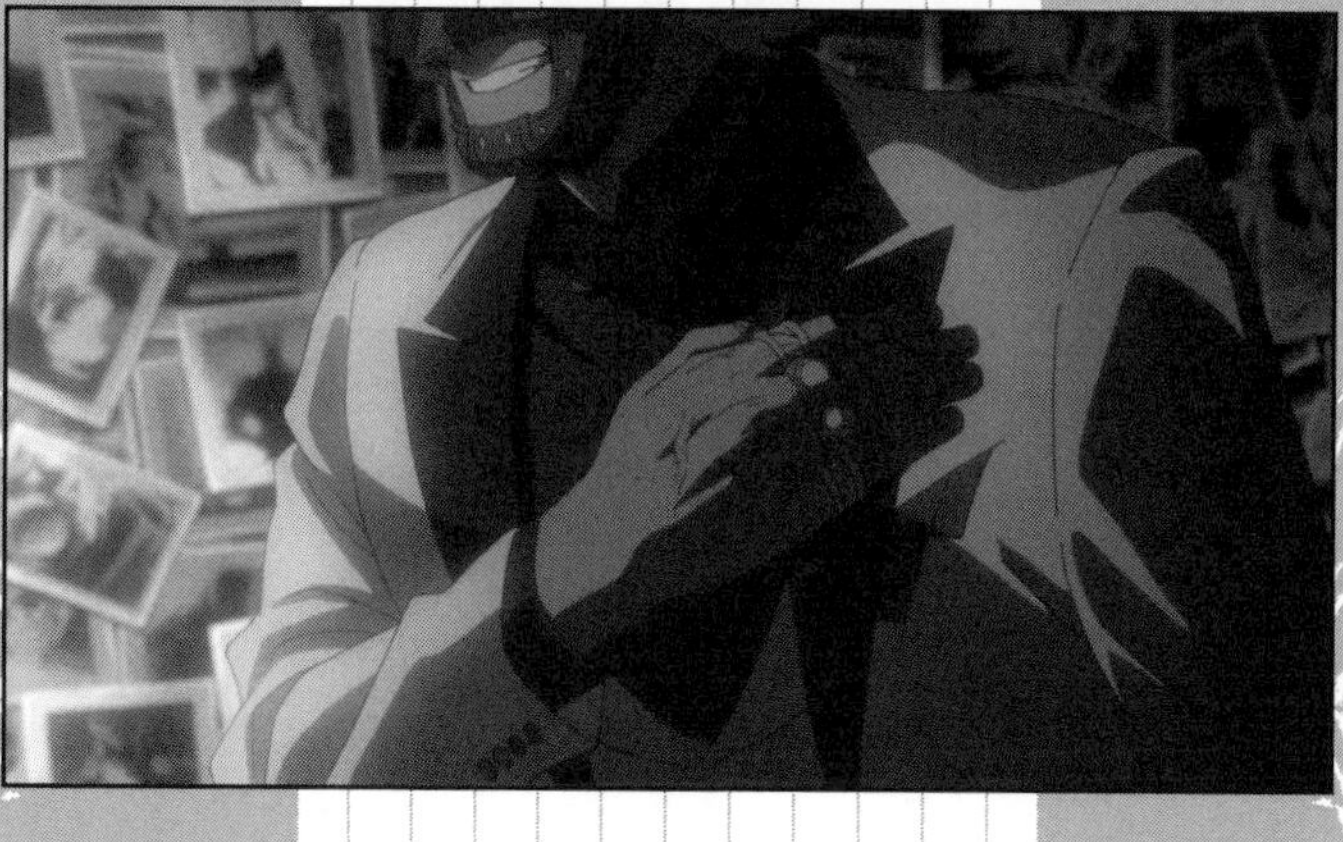

YOU'RE NEXT

快晴の空の下、お湯を注《そそ》がれたポットから紅茶の香りがふわりと立つ。それを閉じ込めるように蓋《ふた》をした手は義手《ぎしゅ》だった。ロングテールコートを身に纏《まと》った義手で眼帯の青年・ジュリオは、ガラスポットの中で茶葉が踊るのをみつめる。執事《しつじ》然とした格好だったが、その袖口《そでぐち》や裾《すそ》などはボロボロに擦《す》り切《き》れていた。

缶に入った紅茶に、すでにお湯で温めてあるコップ。ストレーナーの出番はもうすぐだ。

「なんだい？　ありゃ」

「人捜しだとさ」

そんなジュリオを少し離れた建物の上から見ていた避難民たちは、自衛のための銃を片手に呆《あき》れたように言った。

ジュリオが紅茶を淹《い》れていたのは瓦礫《がれき》のなか。辛《かろ》うじて使えそうな崩《くず》れたコンクリートをテーブル代わりにしていた。

そこには、頭にリボンをつけた花のように愛らしい少女の、焼け焦《こ》げた部分がある写真が立てかけられてある。

荒廃した場所に不似合いな優雅な時間とジュリオに避難民は眉を寄せる。

「あの格好で？」

「……見つかるわけがねえ」

「ああ、この国はとっくにブッ壊れてる」

その言葉通り、周辺は瓦礫の街《まち》と化していた。無傷の建物は数えるほどしかなく、完全に機能を失っている。

すべてはオール・フォー・ワンが仕掛けたことだった。神野での戦いのあとタルタロスに収監《しゅうかん》されたが、死《し》柄木《がらき》弔《とむら》の意識を乗っ取りタルタロスを脳無《のうむ》に襲撃させ、脱獄するとともに凶悪犯たちを野に放ち日本を混乱に陥《おとしい》れた。そして現在は姿を隠している。

凶悪犯、通称ダツゴクたちは赴《おもむ》くまま犯罪を重《かさ》ね、現状に耐えかねたヒーローたちが次々辞職していった。避難民となった市民はヒーローに不信を抱《いだ》きながら自衛している。

混乱と不安が日本中を覆っていた。

ジュリオは慣れた手つきで紅茶を漉《こ》すと、ストレーナーを小さく振って置き背筋《せすじ》を正した。少し待ち、紅茶を注《つ》いだシェラカップを持ちあげ、香りを嗅《か》いでから口にする一連の動作は儀式のように美しい。

だがそのとき、サイレンの音が廃墟《はいきょ》に立つスピーカーから流れた。

『現在、西地区全域に複数の敵《ヴイラン》が出没しています。ヒーローが事件を解決するまで……市民の方々は、安全な場所への避難をお願いします……』

その放送を聞きながらジュリオは、手早く紅茶セットをケースにしまう。近くに停《と》めていた赤い大型バイクに荷物を積んでシートにまたがりながら、忘れず持った少女の写真を胸ポケットへとしまった。すでにヘルメットは被《かぶ》っている。

「避難って……どこに行きゃいいんだ……」

避難民が諦《あきら》めたようにそう呟《つぶや》く間に、ジュリオは西に向かってバイクを走らせた。

「邪魔《じやま》だ邪魔だ！　どきやがれぃ！」

封鎖《ふうさ》されたアーケード街に突如、怒号《どごう》が響《ひび》いた。

救援物資などの荷物をトラックの荷台から下ろしていた避難民たちに、三人組の敵《ヴイラン》たちが襲い掛かる。

敵《ヴイラン》は鋭い刃《やいば》のようなブーメランとなった〝個性〟の腕を振り回し、驚いた避難民たちはあわてて逃げ出した。その間に敵《ヴイラン》の一人がトラックの上へとよじ登り、運転席の上に両手をついた途端、トラック自体が大きく波打つように動いた。手をついた敵《ヴイラン》がトラックへと溶け込んでいく。〝個性〟でトラックに融合《ゆうごう》してしまったのだ。トラックの見かけが、世紀末的な服装をしていた敵《ヴィラン》に合わせて変化する。完全に融合し、トラックの運転席の窓に敵《ヴィラン》の目が現われた。途端、トラックが急発進する。

「おらおらおら！」

　融合している間に荷台にしがみついた他二人の敵《ヴィラン》を連れて、トラック敵《ヴィラン》はアーケード商店街を爆走していく。

　物資を取られまいと武装した市民たちは、商店街の二階や荷物の陰《かげ》からサポートアイテムのトリモチ弾で応戦する。

　だがトラック敵《ヴィラン》には通じない。荷台にしがみついていた太った敵《ヴィラン》が転がるように着地したかと思うや否《いな》や、反動をつけて荷物の陰から応戦する武装市民を跳《は》ねる巨体で蹴《け》散《ち》らし、再びトラックにしがみつく。もう一人の敵《ヴィラン》は〝個性〟のブーメランのようなものを武装市民に向かって投げ、壁に突き刺さったブーメランは眩《まぶ》しく光ったかと思うと爆発した。爆発の炎のなかからトラックが飛び出してくる。

「大漁、大漁！」

「これで当分は食いっぱぐれずに済むぜ」

　大喜びの敵《ヴィラン》たちが瓦礫の街を爆走していく。

　しかし、その音を聞いていた者がいた。

「聞こえた、複数の破壊音」

ロボットが運転している装甲輸送車の助手席で、車内のコンソールから耳イヤホンで、外の音を聞いていた3班の耳郎響香《じろうきょうか》が続けた。

「車の走行音が遠くなってく」

後ろの座席には同じく3班の麗日お茶子《うららかちゃこ》、葉隠透《はがくれとおる》、尾白猿夫《おじろましらお》、その向かいの席に瀬呂範太《せろはんた》がいる。

尾白が耳郎に聞いた。

「距離は？」

「約二キロ」

耳郎の簡潔な答えに、瀬呂が後方で準備運動している人物に声をかけた。

「その距離ならいけるな、緑谷《みどりや》」

「うん」

そう言いながら顔を上げたのは同じく3班の緑谷出久《いずく》。その顔には年相応のあどけなさがわずかながら戻っている。

つい先日まで出久は、オールマイトから受け継いだワン・フォー・オールを狙《ねら》うオール・フォー・ワンからみんなを守るため、単独で行動し疲弊《ひへい》を重ねてボロボロになっていった。

出久からの手紙で事の真相を知った雄英《ゆうえい》高校1年A組は、全員で出久を取り戻した。雄英高校の他の避難民たちは出久を受け入れることに反対していたが、彼らもお茶子の言葉に心動かされ、出久は一時の休息を得ることができた。その間に長年の懸念《けねん》だったオール・フォー・ワンの内通者が青山優雅《あおやまゆうが》だったことが発覚し、ショックを受けた出久たちだったが、現状、唯一《ゆいいつ》の繋《つな》がりである青山を通じて潜伏《せんぷく》しているオール・フォー・ワンをおびき出すための作戦をヒーロー本部が練《ね》っている最中だ。

けれど、プロヒーロー同様、雄英高校ヒーロー科も作戦開始をただ待っているだけでなく、オール・フォー・ワンや解放戦線及び敵《ヴィラン》連合の捜索《そうさく》をしつつ、街に放たれたダツゴク確保のため班ごとに動いている。

『ハッチ、オープン』

運転ロボットが運転席のボタンを押すと、装甲輸送車の後ろのハッチがゆっくりと開《ひら》いていく。ハッチを背にしていた出久のボロボロのマントが風に揺れる。

(7th《セブンス》、浮遊《ふゆう》)

出久は精神を集中し、〝個性〟を発動させた。ふわりと身体《からだ》が浮き上がり、走る車内から外へと舞い上がる。

（プラス、エアフォース！）

十分な高さまで上昇した出久は〝個性〟を腕から同時発動させ、その勢いで空をすごいスピードで飛んでいった。

その姿はすぐに敵《ヴイラン》の目に入るほど速い。

「なんか来るぞ」

物資を強奪《ごうだつ》し逃げていた敵《ヴイラン》たちが、後方から追ってくる出久に気づいた。

「あの緑色……まさか、噂《うわさ》の……ダツゴク狩りか！」

あっというまに近づいてくる出久に敵《ヴイラン》たちが驚愕する。

（黒鞭《クロムチ》）

出久は近づきながら黒鞭《クロムチ》を素早く伸ばし、走るトラックの運転席の上部に巻き付かせた。

「うわあっ！」

思わず声を上げる敵《ヴイラン》。出久は地面に降り立ち、走るトラックを停めようと足を踏ん張る。その力にトラックの前方が持ち上がり、ウィリー状態になった荷台から敵《ヴイラン》たちが「うわぁっ！」と転《ころ》げ落《お》ちてくる。しかしすぐに体勢を立て直し、ブーメランを続けざま二つ出久に向かって投げた。

黒鞭《クロムチ》でトラックを捕獲《ほかく》したままの出久はその軌道《きどう》を見越し、冷静に避《よ》ける。その間に太った敵《ヴィラン》が反動をつけてジャンプした。近くにある高速道路を支《ささ》えていた残骸《ざんがい》の大きな橋《きょう》脚《きゃく》に弾《はず》んで、勢いをつけて出久に向かって飛んでくる。出久はそれもサッと避けるが、敵《ヴィラン》の狙いはここからだった。ブーメランを投げた敵《ヴィラン》がニヤリと笑う。

そのとき、出久の頭の中に針のような稲妻《いなづま》が走った感覚がする。危機感知の〝個性〟だ。サッと振り向いた出久の顔はすでに危機に対する心構《こころがま》えができていた。迫るブーメランを回し蹴りで弾《はじ》き、再び跳ね返ってくる太った敵《ヴィラン》を片手で吹っ飛ばす。蹴り飛ばされたブーメランが自分の足元に返ってきた敵《ヴィラン》があわてて逃げ出す直前に爆発した。

その爆発に乗じて逃げだそうとするトラック敵《ヴィラン》。だが出久が踏ん張り、逃がさない。黒《クロ》鞭《ムチ》に引っ張られ後ろに徐々に持ち上げられるトラック敵《ヴィラン》が、逃げられない恐怖から涙目《なみだめ》になる。

（セントルイス　スマッシュ！）

出久の蹴りがトラック敵《ヴィラン》にお見舞いされると、あまりの威力に車体がひしゃげた。〝個性〟が解け、敵《ヴィラン》がトラックと分離する。

「やべえっ！」

蹴られたあと反動で橋脚の間で弾けていた太った敵《ヴィラン》が、ブーメランの敵《ヴィラン》を確保していた出久の隙《すき》をついて逃げ出す。ほくそ笑《え》んだのも束《つか》の間《ま》、太った敵《ヴィラン》の身体に尾白のたくまし

いしっぽが巻き付いた。

「尾空旋舞《びくうせんぶ》！」

激しい回転をかけられ目を回した敵《ヴイラン》を空中へと放る。何もできず落下してきた敵《ヴイラン》を瀬呂がテープで地面に貼《は》りつけた。

「ダツゴク、確保！」

ブーメラン敵《ヴイラン》を拘束《こうそく》し〝個性〟で宙に浮かせながらお茶子が言う。その近くで瀬呂が出久に向かって笑顔で声をかける。

「こっちにも見せ場残せよな、緑谷」

「やったね！　敵《ヴイラン》確保！」

到着した装甲輸送車から降りて、よかったといわんばかりに手を振る葉隠。耳郎も笑みを浮かべながらしみじみと言った。

「それにしても、ホントすごいね……。緑谷のワン・フォー・オールは……」

秘密ではなくなったワン・フォー・オール。隠さなければいけなかった秘密を知ってなお、受け入れ理解してくれた仲間の存在は出久の気持ちを軽くしてくれた。

確保した敵《ヴイラン》を片手で抱《かか》えながら笑顔で応える出久だったが、ふと視線を感じて振り返る。

辛うじて道路としての機能を保《たも》っている高速道路の上に、一台の大型バイクが停まっていた。ヘルメットに正装をしたジュリオが出久を見ている。

互いを知らぬまま見つめあう数秒。

やがてジュリオはふいとバイクを走らせ遠ざかっていく。

出久はなぜか、なかなか目が離せなかった。

バイクは何かを探しているように瓦礫の街を疾走《しっそう》する。


出久たちは確保した敵《ヴィラン》たちを近くの警察署に引き渡した。

「よろしくお願いします」

「ご苦労さまです」

出久たちに敬礼で応える警官たち。国家が崩壊《ほうかい》の危機に瀕《ひん》しているときでも、こうして治安を守ろうとする人々はいる。

「こちらA組3班、ダツゴク三名確保」

警察署に連行されていく敵《ヴィラン》を見送りながら、瀬呂が無線で通信する。するとすぐに声が返ってきた。

『たったの三人か』

移動中の装甲輸送車から1班の爆豪勝己《ばくごうかつき》が得意げに言う。

「こっちは四人狩ってんだよ」

そんな爆豪の後ろには弁当を頬張《ほおば》っている同じく1班の切島鋭児郎《きりしまえいじろう》、芦戸三奈《あしどみな》、常闇踏陰《とこやみふみかげ》、口田甲司《こうだこうじ》、砂藤力道《さとうりきどう》がいる。砂藤は〝個性〟の栄養源である糖分を補給するべくケーキを鷲《わし》づかみで食べていた。ちなみに爆豪はすでに弁当を食べ終えている。

そこへ『A組2班……』とまた通信が入る。

「ダツゴク六名を確保した」

そう言うのは2班の轟焦凍《とどろきしょうと》。まだ被害が浅い地域の警察署に確保した敵《ヴィラン》を渡したところだ。同じく2班の飯田天哉《いいだてんや》、蛙吹梅雨《あすいつゆ》、八百万百《やおよろずもも》、上鳴電気《かみなりでんき》、峰田実《みねたみのる》、障子目蔵《しょうじめぞう》も一緒《いっしょ》だ。

『ああっ、自慢かコラ!』

敵《ヴィラン》の数で上まわられて憤慨《ふんがい》する爆豪の声に、飯田が真面目《まじめ》に応えた。

「数を競っているワケじゃないぞ、大《だい》・爆《ばく》・殺《さつ》・神《しん》、ダイナマイトくん!」

それを聞いた瀬呂が呆れたように口を開いた。

「ヒーロー名長すぎ小二すぎ、もうふつーに爆豪で良くね?」

『よくねンだよ!』

叫ぶ爆豪の声に出久とお茶子が苦笑したそのとき、緊急通信を知らせる音が鳴る。一瞬で空気が緊張を帯《お》びた。

『西地区の港に敵《ヴィラン》が出現との通報有り、目撃証言から……ダツゴク、喰有銀次《くらうぎんじ》……敵《ヴィラン》名、ギンジと判明』

情報を聞《き》き漏《も》らすまいと耳を傾けていた出久たちが、敵《ヴィラン》名を聞き素早くスマホで確認する。画面に表示された敵のデータは殺人強盗犯で120年の禁固刑を科《か》されていた凶悪敵《ヴィラン》だった。

『〝個性〟、暴食《ぼうしょく》。腹部にある口であらゆるものを捕食する。注意してあたられたし』

その言葉通り、ギンジの腹部には大きい口があり、鋭い歯を備《そな》えていた。

「西地区の港って」

「このすぐ近く」

顔を上げたお茶子に耳郎が応える。すでに装甲輸送車の荷台にいた瀬呂が「行こうぜ」と声をかけ、お茶子たちが素早く乗り込む。出久はすぐに動けるように車体の屋根に上がった。1班の爆豪と2班の飯田の声が続く。

『俺らも行くぞ!』

『A組2班、直《ただ》ちに現場に急行する』

出久ら3班の装甲輸送車が黄昏色《たそがれいろ》に染まる瓦礫の街に再び走り出ていった。

MY HERO ACADEMIA

YOU'RE NEXT

MY HERO ACADEMIA

YOU'RE NEXT

海に近い西地区は工場地帯だった。大きな工場から黒煙が立ちのぼっている。

「ははは！　はぁっ！」

その黒煙の方向からやってきたギンジが夕焼けのなか、ベルトコンベアの上を少女・アンナの手を強引《ごういん》に引きながら走っている。

アンナはジュリオが持っていた写真の少女だ。

おもしろくてたまらないというようなギンジの高笑いが辺《あた》りに響く。アンナは苦痛の表情を浮かべながら、引っ張られるままもたつく足でついていく。

「はははは！　出し抜いてやったぜ、手に入れてやったぜ！　この女がいれば、俺は無敵よ！」

ベルトコンベアーから飛び降り、下にあった砂の山を駆け下りるギンジに少女を気にかける様子《ようす》は微塵《みじん》もない。

「ううっ……嘘《うそ》つき……逃がしてくれるって、言ってたのに……」

走りながらアンナは何とか抵抗しようとするが、力の差は歴然で適《かな》うはずもなかった。

「誰も解放するとは言ってねーだろ」

人気《ひとけ》の無い道路を駆けていくギンジたちだったが、その行く先の横から立ち入り禁止の立て看板を吹っ飛ばしながら侵入してくる車があった。出久たち3班の乗っている装甲輸送車だ。

「あの車……ヒーローの……」

気づいたギンジが思わず立ち止まり、焦《あせ》ったような顔ですぐさま横の倉庫へと走り出す。

「うおおおお！」

ギンジは背中から生《は》えている口がついた手を、閉まっているシャッターへ振りかぶる。手の口がシャッターを食《く》い千切《ちぎ》り、その中へ進んでいった。

「ダツゴクの進路が変わったよ」

車内の地図が表示されているモニターを注視していた葉隠が言う。モニターには急な進路変更をしたギンジの位置が示されていた。尾白が進行方向の行く先に気づく。

「マズイ、この先には避難所が！」

『僕が行く』

屋根の上にいた出久からの応答に、尾白たちはハッと上を見る。

車外の屋根の上、出久はすでに浮遊していて、すぐさまエアフォースの力で空を飛んで

いく。行く先には巨大な団地が見えていた。

一方、ギンジは倉庫の壁を食い破り、瓦礫まみれの道路に飛び出してきた。アンナは息をするのも必死な様子で言った。

「は、放して……」

「うっせ、黙ってろ！」

凶悪 敵《ヴィラン》が願いを聞き入れるはずもなく、ギンジは怒鳴《どな》り返しながらただ無我夢中で逃げていく。アンナの美しい金髪の根元がわずかに黒く変色し始めた。ギンジが気配を感じたように、走りながら後ろを振り返る。

「ヒーローか！」

出久が空からギンジの姿をみつけた。けれどすぐにハッとする。

（情報と容姿が違う⁉）

敵《ヴィラン》情報のデータに表示されていたのは、腕が二本だった。けれど今のギンジには背中から生えている大きな腕がさらに二本ある。そしてアンナの姿も確認した。

（人質⁉）

出久は人質を救出すべく、ビュンとギンジたちに近づく。ギンジは逃げながら口のついた腕で瓦礫を拾い、出久に向かってぶん投げる。物ともせず躱《かわ》しながらさらに近づいてくる出久にギンジは腕の口を向けるが、出久はキレイにすり抜け少女に近づき腕を伸ばした。

「こっちに！」

しかしその瞬間、アンナの顔に浮かんだのは拒絶だった。

「ダメっ！」

アンナが叫ぶ。

伸ばした手がアンナに触れたその瞬間、出久は不思議な感覚に襲われた。突然のことに驚愕する出久の周《まわ》りに突然たくさんの薔薇《ばら》の花が咲く。

（花⁉）

出久とアンナ二人だけの、薔薇の花が咲き誇る幻想的な異空間。真《ま》っ赤《か》な薔薇の花が満開と咲き誇ったあと、パッと散り始める。直後、強烈な痛みが出久の身体を貫《つらぬ》いた。

「いっ……！」

瞬間、出久は現実世界に引き戻された。あまりの痛みに落下し転がる身体の周りに薔薇の花びらが舞う。

「う、ううっ……」

出久は、全身の痛みで立ち上がることもままならない。

（なんだ、この痛み……それにあの花……）

痛みに耐えながらなんとか顔を上げた出久に落ちた花びらと、逃げていくギンジとアンナが見えた。キレイな花びらが、さっきの幻影のような光景が現実だったと知らせている。

「た、救《たす》けなきゃ……！」

何もわからない。けれど優先すべきことはわかっている。出久はよろよろと立ち上がった。


「うわぁぁあっっっ！」

「敵《ヴィラン》だぁぁっっ！」

巨大団地の避難民たちが逃げてくるギンジたちに気づき悲鳴を上げ、逃げ惑《にげまど》う。積んであった物資の荷物などを突き崩しながらやってくるギンジに、避難民たちは建物のなかに逃げ込み扉を閉めるが、ギンジはお構《かま》いなしに腕の口で食い破って侵入した。

「きゃあっ！」

引っ張られるままのアンナが悲鳴を上げる。立っているのが精一杯だ。

サポートアイテムで武装した避難民たちがあわてて反撃をするが、ギンジは走りながらその弾丸などを腕の口で捕食し、突き進む。

「無駄《むだ》なあがきをっ！」

ギンジはそう吐き捨てながら、武装避難民たちが盾《たて》にしていた荷物を蹴り飛ばし、腹部の大きな口で荷物ごと武器のサポートアイテムを吸い込み、鋭い歯で噛《か》み砕《くだ》いた。漏れ出たエネルギーが溢《あふ》れ、周囲の物資に火がつく。あっというまに炎は燃え移り、避難所が火の海になった。避難民たちは悲鳴をあげながら逃げ惑うしかない。その光景にギンジは満足そうにほくそ笑んだ。

「へへへっ……もう一人、二人、人質を……!」

ギンジがそう言って怯《おび》えている子どもを守るように抱きしめている母親に向かって口のついた腕を勢いよく伸ばす。しかしそれは黒鞭《クロムチ》が阻止《そし》した。

「なにっ⁉」

腕を捕縛《ほばく》され驚いて振り向いたギンジが見たのは、苦しそうにしながらも黒鞭《クロムチ》を伸ばしている出久の姿だった。

「これ以上は……」

出久はそう言ってもう片方の腕から黒鞭《クロムチ》を二本伸ばし、腕を拘束する。

「やめねーよ!」

ギンジはそう叫びながら黒鞭《クロムチ》を振りほどこうと力任《ちからまか》せに引っ張った。一瞬、出久は黒鞭《クロムチ》ごと身体をもっていかれそうになってしまう。

（なっ、なんてパワーだ！）

謎の痛みで苦しんでいても、ワン・フォー・オールの超パワーは簡単に揺らぐものではない。それほどにギンジのパワーは強いのだ。

出久はなんとか踏ん張りながら、周囲の避難民たちに言った。

「今のうちに逃げて！　早く！」

「うわぁぁっっっ！」

その声に恐怖で動けなかった避難民たちが一斉《いっせい》に逃げ出す。

「このガキがぁっ！」

邪魔をしてくる出久に怒《いか》るギンジのベルトについている薔薇の花が、五分咲《ごぶざ》きほどからパアァァと満開へと変化した。同時にアンナが激しく苦しみ出す。

「くっ……！　うう……」

アンナの髪の天辺《てっぺん》のわずかだった黒い部分が少し広がった。そしてまるで呼応するようにギンジの身体がグググッと膨《ふく》らんでいくように大きくなっていき、口の付いた腕がさらに四本生えてきた。

「なにっ⁉　うわぁぁっっっ！」

驚く出久がパワーアップしたギンジにさらに引き寄せられる。

避難所の壁を突き破ってギンジが気を失いぐったりとしているアンナを抱え出てくる。するとその足元の地面から突然、薔薇やタンポポなどの花が咲き始めた。

投げ出された出久はなんとか着地し、倍以上に大きくなったようなギンジと少し離れて対峙《たいじ》する。

少し離れた場所から、そんなギンジと少女をスコープから覗《のぞ》く者がいた。

ジュリオがバイクに跨《また》がりながらライフルの銃口を向けている。眼帯を外《はず》してスコープを覗く機械の目が、ピントを調節しているように細かく動いている。

そしてジュリオは躊躇《ちゅうちょ》なくライフル銃を撃った。

ハッとするギンジが間一髪《かんいっぱつ》で避け、アンナの足元に着弾し地面が破壊された。その衝撃でアンナがぼんやりと目を覚ます。

（銃弾⁉）

「なんだ⁉」

出久とギンジが振り返り、遠くからライフルを構えているジュリオに気づく。間《ま》を置かず、ジュリオは二発目を撃ってきた。

（人質に当たる⁉）

出久はジュリオを止めるべく黒鞭《クロムチ》を外し駆け出そうとするが、謎の痛みで思うように動

けない。

「追っ手か⁉」

ギンジは間髪入《かんはつい》れず撃たれるライフル弾を機敏に避けていたが、アンナを抱えていた腕に弾《たま》が当たった。呻《うめ》くギンジの腕からアンナが放り出される。

「しまっ――」

アンナを放してしまったことにギンジがハッとする。

一方、ジュリオは残りの弾がなくなったことに気づくとバイクに備え付けられていたケースにライフルをしまい、バイクを急発進させた。大型バイクで器用に瓦礫の山を下り、ギンジと少女の元へ向かう。

ゆっくりと顔を上げた少女が見たのは、夕闇《ゆうやみ》のなか向かってくる光。走るバイクから立ち上がるジュリオの前方に伸ばした義手が素早く変形し銃になった。

その右腕を見たアンナは呆然《ぼうぜん》と目を見開く。青く透《す》き通《とお》る瞳《ひとみ》は宿命に翻弄《ほんろう》されているように揺れていたが、運命を受け入れるように花々に囲《かこ》まれながら、そっと胸で手を組み目を閉じる。

ジュリオが銃となった腕に弾倉《だんそう》を叩き込むと、自動的にスライドが引かれ弾丸が装塡《そうてん》された。ジュリオはその銃口を迷い無くアンナへと向け発射した。

それに気づいた出久は前に出るが。

（間に合わない）

しかしジュリオの弾丸がアンナを貫く直前、透明な青い膜のようなフィールドがアンナを守るように展開された。

それに気づいたジュリオは冷徹な目を苛立《いらだ》ちに細め、バイクを滑《すべ》らせるように急停止させる。

「なんだ？」

ギンジは突然のことに動揺していたが、近づいてくる足音に気づき顔を向ける。

「危ないところでしたね、お嬢さん」

街灯に照らされ現われた男・ブルーノはタキシードで正装している。濃《こ》い顔の造《つく》りに太いもみあげで、胸ポケットに薔薇が一輪差してあった。

「てめえは⁉」

その顔に見覚えがあるのか焦ったギンジが先手を打とうとブルーノに向かう。だが。

「うおおおお――」

透明な青いフィールドがギンジを包んだ瞬間、動きが止まったように見えた。

（一定空間の動きを止める〝個性〟？）

それを見ていた出久がすばやく考えをめぐらせるが、アンナに向けられた銃弾がわずかながら動いていることに気づく。

（違う、遅延《ちえん》だ！　遅くしているんだ！）

そこへ銃弾が次々撃ち込まれる。ジュリオは容赦《ようしゃ》なくアンナに向けて撃っていた。弾が切れると、素早く弾倉を交換し連射し続ける。

「やめてください！」

出久は黒鞭《クロムチ》で銃の腕を摑《つか》む。ジュリオは冷静に左手で背中にしまっていた小型の銃を取り、出久に銃口を向けた。一瞬、警戒した出久だったが違和感に気づく。

（危機感知が反応しない？）

危機や敵意を察知する〝個性〟がまったく機能していない。

（この人……）

迷いなく人に銃口を向けているだけでなく、アンナに対しても弾を撃った。それなのに、敵意がまるでないのだ。

それが何を意味するのか出久が考えていた間に、ブルーノがアンナに近づき傍らに膝《ひざ》をつく。そしてアンナの肩に触れた。

ブルーノの目の中に、花のような形の光が現われる。それに連動するように足元の花がさらに開いた。ブルーノは祈る姿勢で固まったアンナを抱きかかえると、透明な青いフィールドと一緒に去っていく。それによって青いフィールドの外に出たギンジに、同時に動きの戻った弾丸が着弾した。

「ぐああっっっ！」

「一体、なにが……」

黒鞭《クロムチ》でジュリオと対峙しながらも、その一連の出来事に唖《あ》然《ぜん》とするしかない出久。

そこへお茶子たちを乗せた装甲輸送車がやってきた。停止するや否や、お茶子、瀬呂、尾白、葉隠、耳郎たちが飛び出してくる。

「デクくん」

「状況は？」

お茶子と尾白が駆け寄りながら声をかける。

「それが僕にも……」

現状、出久も何もわからずそう応えるしかない。

そのとき、急に鳴きだした海鳥の声に葉隠が振り返った。

「みんな、アレ！」

葉隠が指差す先をお茶子たちも振り返る。

夕日の残り火が彩《いろど》っている薄暗い空に、鮮《あざ》やかな色のライトで光り輝く大型クルーザーが浮かんでいた。驚いたのか海鳥たちが飛び去っていく。

「船が……」

「船が、空飛んどる……」

突然現われた空飛ぶ船に呆然とする出久にお茶子。他の面々も、まるで海を泳いでいるかのように悠然《ゆうぜん》と飛んでくる船をただ驚きみつめる。

だが、ジュリオとギンジだけは忌々《いまいま》しそうに顔を歪《ゆが》めていた。

大型クルーザーがゆっくりとアンナを抱えたブルーノの元へと下降してくる。乗船している獣人《じゅうじん》の男・パウロ、妖艶《ようえん》な笑みを浮かべる女・デボラ、赤い鼻の小男・カミル、ゴリラのような男・ジルとその肩に乗っている小さな老人・ウーゴ、髭《ひげ》にメガネの男・サイモンがデッキから下を眺めていた。全員正装をし、赤い薔薇を一輪、身につけている。

「FUFUFU……」

地面すれすれで停止したクルーザーの中から、白いタキシードに黒いマントを羽織《はお》り、顔に革のマスクをした大柄の男が現われた。

「もう大丈夫だよ、アンナ……。なぜって……」

男はアンナを見下ろすと、後頭部の留《と》め具《ぐ》を外す。

みんながみつめるなか、男の顔が露《あら》わになる。

「俺が来た！」

そう両手を大きく広げ自信満々に叫ぶ男。金髪の前髪は触覚のようにピンと二本立ち、太い眉が存在感を示している。

「あれは……」

出久がその姿に唖然とする。お茶子たちが思わず叫んだ。

「お……お……オールマイトぉ⁉」

（違う、似ているけど、オールマイトじゃない。しかも……）

出久は動揺しながらも冷静に見極《みきわ》める。オールマイトの大ファンである出久の目は一瞬も誤魔化《ごまか》せない。それよりも稲妻のような警告を全身で感じていた。

（危機感知が最大レベルで警告してくる……あの男は一体……）

ジュリオが小さく呟く。

「……ゴリーニ……」

そのとき、アンナを包んでいた青い透明な膜が消えた。それまで遅い時間の中で止まっていた少女がハッとする。

「嫌《いや》っ！　放して！　嫌！」

男から逃《のが》れようとアンナが暴れる。デボラがアンナを見据《みす》えた瞬間、赤く目が光った。

途端《とたん》、まるで魂《たましい》が抜かれたようにアンナが大人《おとな》しくなる。

「怖《こわ》い思いをさせてしまったようだね、アンナ……」

優しい声色でオールマイトのような男が話しかけると、アンナは感情をなくしたような顔と声で言った。

「助けてくださってありがとうございます、おじさま……」

「二度と俺から離れてはいけないよ」

その様子を見下ろしながら、デボラが近くのパウロに声をかける。

「アンナが戻ってよかったわね、パウロ。ブルーノに感謝しなきゃ」

「チッ、もうミスはしねえ」

パウロがおもしろくなさそうに返す。その間にいたカミルが「回収します」と両腕を上げると、アンナとブルーノが浮き上がり船へと向かう。

それを見たジュリオがバイクを急発進させる。だが腕の銃を黒鞭《クロムチ》で拘束されたままだったので止まってしまう。出久はさらに黒鞭《クロムチ》をジュリオの身体に伸ばし拘束した。

「放してください」

そう言うジュリオに「ダメです」と返す出久。ジュリオは必死に叫んだ。

「これが最後の機会かもしれないんですっ！」

その間にブルーノに抱えられたアンナがクルーザーへと乗り込む。

そこにオールマイトそっくりの男の姿はすでにいない。

ダツゴクを追いかけていたはずが、突然の空飛ぶ船に、オールマイトそっくりの男が現われた。理解が追いつかない状況にお茶子たちは困惑《こんわく》していた。

「なにが、どうなってんの？」

葉隠の言葉に瀬呂が反応する。

「わかんねーけど、とりあえず、ギンジって敵《ヴィラン》を……」

「って、逃げとる！」

驚くお茶子たちが謎の船の一行に気をとられている隙に、ギンジは逃げ出していた。逃げている避難民に構わず大きくジャンプし、立体駐車場に突っ込んでいく。中を破壊しながら必死に逃げ、その勢いのまま隣の高層マンションを突き破った。崩れるマンションの瓦礫が下にいた避難民へ落ちてくる。

「いけない！」

それを見過ごせるはずもなく、出久は黒鞭《クロムチ》を解《と》き崩壊するマンションへと駆け出す。解き放たれたジュリオはバイクを走らせその場を去った。

突然の崩落に悲鳴をあげる避難民たちを瓦礫が襲う。だが、出久の複数の黒鞭《クロムチ》が瓦礫をキャッチし人のいない方向に放り投げていく。出久が避難民たちに声をかけた。

「早く逃げて！」

「崩れさせっかよ！」

瀬呂は崩れ落ちそうなマンションをテープで巻き止め、お茶子は浮きながら瓦礫に触れて無重力化していく。

「みんなの誘導を！」

「わかってる！」

お茶子に返事をしながら、尾白は太い尻尾《しっぽ》で避難民に当たりそうな瓦礫を払いのける。

耳郎と葉隠は逃げ惑う避難民たちを誘導していた。

阿鼻叫喚《あびきょうかん》の地上を空飛ぶクルーザーは優雅に泳いでいく。

「うふふ、ヒーローって大変ねえ……」

妖艶な笑みを浮かべながら、デボラが洗脳でもされているように感情を失っているアンナの両肩に手を置いた。そのとき、猛スピードで爆音が近づいてくる。

ビルの屋上を駆け抜けてきたジュリオが、下のクルーザー目掛けてバイクごと飛び出してくる。空中で義手を銃へと変化させてアンナに発砲したが、それに気づいていたブルーノが指を鳴らす。現われた透明な青いフィールドが弾丸ごとジュリオを包んだ。

「おイタが過ぎるな……」

ブルーノが空中で止められたジュリオを事もなげに見やる。ジルの肩に乗っているウーゴが人差し指をひょいと振る。ブルーノが透明なフィールドを消した直後、巨大な瓦礫が操《あやつ》られたように飛んできてジュリオを吹っ飛ばした。瓦礫ごとビルに直撃し、威力のあまり倒壊してしまう。

「人気者ね、アンナ……」

何事もなかったかのように悠々《ゆうゆう》と宙を進んでいくクルーザーからその様子をちらりと見て、デボラが囁《ささや》きながら肩をさする。

しかしアンナは人形のように何も反応せず、そこにいるだけだった。

一方、逃げ出したギンジは必死にその場を離れようとしていた。

「クソが、あの女さえいれば……!」

ジュリオの銃弾を受けたダメージが大きく、息も上がっている。そんなギンジに声がかけられた。

「ヘイヘイ、どこへ行くつもりかな?」

ハッと周囲を探すギンジ。そして街灯の上に立っている大きな人影をみつけた。オールマイトそっくりの男だ。

「てめえ」

逃げられないと悟ったギンジがやけくそのようにダッと男に向かって駆け出す。

男は街灯からふわりと飛び降り、向かってくるギンジの前方へ着地し言った。

「適合者にしてやったというのに逃亡とは……おじさん、ちょっと……」

ギンジは走りながら最後の力を振りしぼり、暴れる獣《けもの》のような六本の口のついた腕で男に襲い掛かろうとする。

しかし男に動じる気配は微塵もなかった。金のゴツい指輪をした手を握《にぎ》るその顔は、平和の象徴とはほど遠い邪悪な表情をしている。

「――怒っちゃうよ！」

男は構え、襲い掛かってくるギンジの口のついた腕にむかって大きくパンチを出す。その瞬間、とてつもないエネルギーを持った光る拳の形が現われ、迫る腕を消し飛ばしギンジの顔面へと向かう。

「ヒッ！」

あまりの威力に泣きそうに歪むギンジの顔にそれが当たると、まるで弾丸のように吹き飛んだ。バウンドするも勢い衰《おとろ》えず、高速道路を破壊し大きく上に弾かれる。

その衝撃波が救助活動していたお茶子たちの元へ。

「うわあっっっ！」

すぐさまやってくる土煙と瓦礫。出久も大きな瓦礫に埋もれてしまう。そして空からギンジが出久の近くへと落下してくる。

「……ってて……」

出久が瓦礫を打ち破って出てくると、目の前に枯れた薔薇の花びらが舞っていた。ハッとして振り向くと、倒れている銀次の腰についていた薔薇が散ってゆく。その後、ギンジの身体が収縮して通常の大きさに戻っていくが、ギンジはすでに息絶《いきた》えていた。

呆然としていた出久だったが、周囲からの呻き声にハッとする。

「み、みんな……」

お茶子たちも倒れていたが、気を失ってはいないようだった。

一体何が起こったのかと言葉を失う出久に、場にそぐわない明るく軽い声がかけられた。

「へーイ、その姿は……ヒーローかな？」

そう言いながら瓦礫の上に現われたオールマイトそっくりの男は、出久の元へ飛び降り目線を合わせるようにしゃがみ込む。

「ずいぶんと若いね。チョコレートはいるかい？」

どこからともなくチョコレートを出し笑顔を浮かべる。それは完全に子どもを相手にしている様子だ。

「お前がやったのか？」

怒りを押し殺し抑《おさ》えた声で聞いてくる出久に、男は予想していた反応と違うなと片眉を上げ、チョコレートを消す。そして出久がギンジのことを言っているのだと気づくと、よりにこやかに言った。

「ああ、感謝しなくてもいい。あの敵《ヴィラン》は……この俺に盾を突いたんだ……。平和の象徴となる、この俺にな……」

「平和の、象徴……？」

警戒と怒りを滲《にじ》ませていた出久がその言葉に目を見開く。男はニヤリと笑って言った。

「オールマイトだよ」

「なにを、言って……」

二の句が継げない出久に男が大げさに首を振り立ち上がる。

「やれやれ、凡人《ぼんじん》にこの俺の崇高《すうこう》な理想は理解できんか……。ならば、子どもにでもわかるように説明してあげようじゃないか！」

そして男の歩いていく先にクルーザーが主《あるじ》の帰りを迎えるように停止する。

その前で振り返った男の手に金色のコインがまるで手品のように出現した。指で弾きコインを足元に落とすと、光が広がり、黒い円柱になり男を持ち上げていく。男は昇《のぼ》りながらたくさんのコインを地上に落とすと、光のなかから撮影カメラや録音マイクなどが現われた。電柱や信号機に当たったコインからは照明機器が生え、空中から次々とカメラ付きドローンが現われる。

クルーザーに乗ったアンナたちを背に、男にスポットライトが当たる。

その瞬間、被害がまだ少なかった街の天気予報を流していた大型モニターの映像が突然、男の映像に切り替わった。それだけでなく、避難所のテレビなど全国の放送網《ほうそうもう》がジャックされる。それは雄英本部でも同様だった。

「あの姿は……」

大きなモニターに突如映ったオールマイトそっくりの男に、ホークスが唖然と呟く。

現場に向かっている1班の装甲輸送車のモニターもジャックされている。爆豪が叫ぶ。

「なんだこいつは⁉」

同じく轟たち2班が乗った装甲輸送車でも男が映っている。

「オールマイト……」

『ハロー・エブリワン！』

そして雄英に向かっている正真正銘《しょうしんしょうめい》、本物のオールマイトが運転している車の中でもそっくりの男が映っていた。

男はたくさんのカメラの前で、朗々《ろうろう》と語り出す。

「俺は新しきオールマイト、次代の象徴となる男だ」

「新しい、オールマイト……」

出久は呆然と呟き男を見上げる。男は大げさな手振り身振りで続ける。

「オールマイトが、なぜ平和の象徴と呼ばれるようになったか……答えは至《いた》ってシンプル……。強かったからだ」

男の目に、拳に力が籠《こ》もる。

「オールマイトの強さに敵《ヴィラン》たちは平伏《へいふく》し……力を持たぬ者たちは、その強さに憧れ《あこが》……畏《い》怖《ふ》と羨望《せんぼう》は希望となり、やがて象徴となった……。だが、その象徴は失われた。周りを見回してみたまえ。敵《ヴィラン》に敗《やぶ》れ、世界から見放され、法と秩序を失い、原始に戻ったこの日本を……。こうなったのは、オールマイトが力を失ったからだ。今のヒーローが未熟だからだ。俺は誓《ちか》う。オールマイト誕生の地であるこの日本で、いや、この日本から、世界の新《あら》たな象徴となり飛び立つことを。オールマイトの理想を引き継ぐことを……」

男は自分の言葉を噛みしめているように俯《うつむ》いていた顔を上げ、自分で自分を指差し言った。

「そう、次は、俺だ！」

それを聞いた出久の顔がハッとする。

『次は、君だ』

脳裏《のうり》に浮かぶのは、あの日、戦いを終えたオールマイトから託《たく》された言葉。

命がけで戦ったオールマイトが繋いでくれた、平和を望む想いを踏みにじるように男は自信満々に言う。

「俺が正義！　俺が象徴だ！」

「なにが正義だ！」

自分の宣言に割って入ってくる声に男は顔を向ける。

出久は男の近くに飛び浮遊しながら、怒りを露わにして睨《にら》み強い口調で言い放った。

「自分勝手に暴力をふるい……関係ない人たちを巻き込むなんてこと……オールマイトは絶対にしない！」

その顔には、人を理不尽《りふじん》に傷つけることに対しての怒りと、自分の大切な人を侮辱《ぶじょく》された怒りが浮かんでいた。

自分の車内で男の映像を見ていたオールマイトがその声に気づく。

「この声、緑谷少年か……」


出久は男を指差し叫ぶ。

「お前は、オールマイトなんかじゃない！」

それを聞いた男がニヤリと笑い、同じように出久を指で差し返すとサムズダウンし高らかに言った。

「ならば、君の否定を俺の力でねじ伏せようじゃないか！」

そして後ろのクルーザーへジャンプし、マントを脱ぎ下に落とすと、スッと左手を伸ばす。後方にいるデボラがアンナの肩から手を放し、カミルが両手を上げる。するとアンナがふわりと浮き上がり、男の傍らに近づいていく。やってきたアンナの肩を抱き、グッと引き寄せると男の目に花の形をした光が宿り、力が漲《みなぎ》ったように見開かれる。

次の瞬間、男とアンナの周りに薔薇の花が咲いていく。足元から伸びるつる、次々と咲き乱れる鮮やかな花が落下していった。

「く……」

苦しそうに呻《うめ》くアンナの頭頂の黒い部分がさらに広がる。立っていることもできないようにぐったりと男にもたれかかるが、男はそんなアンナの様子など気にも留《と》めず、尊大に地上を見下ろしバッと片手を上げた。

「これが……象徴となる者の力……俺の力だ！」

男の手から大量のコインが次々と溢れだした。キラキラとまるで黄金《おうごん》の雨のようにコインが地上に落ち、そこから光が広がっていく。駐車場だった地面にコインの光の筋がクルーザーに向かって出現すると、その筋がまるで引っ張るように車ごと地面を持ち上げ光に呑《の》み込まれていった。

謎の光は男たちを乗せたクルーザーごと瞬《また》く間《ま》に大きくなっていく。

「なんだ、この〝個性〟は⁉」

唖然とする出久だったが、ハッと下を見る。

避難民たちが光から逃れようとするが、あっというまに広がる光にどんどんと巻き込まれていっていた。そのなかでお茶子たちが必死に避難民たちを救けようとするものの、なすすべなく一緒に光の中へ。瀬呂も子どもを抱えながら建物にテープを伸ばして抵抗を試みるが、同じく光の筋に捉《とら》えられた。

「今、救《たす》けますっ！」

出久はダッと地上へと向かうが、光はぐんぐんと広がっていく。

「絶対に……絶対に……っ！」

けれど、出久も光に呑み込まれてしまった。


「あれは……！」

到着した装甲輸送車の助手席から顔を出し、切島が驚く。爆豪たち1班は、巨大噴火の噴煙《ふんえん》のように広がっていく謎の光を装甲輸送車から見ていた。爆豪は輸送車の屋根にやってきて、その光に顔をしかめた。

その頃、別の場所に到着していた2班もその光を見ていた。轟が口を開く。

「この光は、一体……」

「雄英本部、見えますか？」

飯田がスマホを光に向け、緊迫した声で通信で話しかけた。

『西地区の港の避難所に謎の発光現象！　膨張《ぼうちょう》を続けています！』

雄英本部のモニターにその映像が映し出される。

「この光……なんの〝個性〟だ……」

その映像をベストジーニスト、セメントスと真剣に見つめながらホークスが呟く。

広がり続ける光は止《とど》まることを知らないように大きくなっていく。

「これほどの〝個性〟を紡《つむ》ぐ人間が、オール・フォー・ワンの他にもいたとは……」

ベストジーニストがそう言ったそのとき、オールマイトが駆け込んできた。

「避難民と緑谷少年たち3班の安否は⁉」

「謎の発光現象に呑み込まれた模様、生死は不明です」

セメントスの言葉に「そ、そんな……」とオールマイトが言葉を失う。

現状、情報は無いに等しく対応策も立てられない。

現場で膨張し続ける光を目《ま》の当《あ》たりにしていた峰田が思わず叫ぶ。

「こいつ、どんだけデカくなるんだよ⁉」

「俺が止める」

そう言う轟の右手が冷気を纏う。そして迫ってくる光の前に氷壁を出現させた。すぐさま駆け出しながら、次々と氷壁を出し、巨大な壁を作り出す。

「よし！　呑み込まれた人たちの救助を……」

止まった光に、飯田たちが駆け出す。だが氷壁から染《し》みだした光があっというまに溢れだしてくる。飯田が叫んだ。

「いかん、退避を……！」

あわてて逃げ出す飯田たちを光は洪水のように呑み込んだ。

一方、1班は装甲輪送車で迫る光から逃げていた。

「なに逃げてんだ！　戻れ！　Uターンだ！」

逃げることなど頭にない爆豪が屋根の上から車の窓を叩く。

『無茶言ウナ、人間』

「んだと！」

運転ロボに反論され爆豪が噛みついているその間にも光は迫る。後部座席でハッチを開けて見ていた芦戸が叫んだ。

「光が！」

「呑み込まれる！」

助手席から顔を出し、切島も叫ぶ。道路ごと爆豪たちを乗せた装甲輸送車もあっというまに光に呑み込まれてしまう。

どこまでも膨張していくかに思われた光が、意志を持っているかのように徐々に形を成《な》していく。光が消えた上部に現われたのは、巨大な要塞《ようさい》のような物体だった。その中心にはオールマイトそっくりな男の像があり、光は下方からいまだ広がり続けている。

セメントトスが言う。

「巨大な物体の出現を確認。光は未《いま》だ膨張を続けているようです」

「これを、あの男が作り出したというのか……」

呆然とするオールマイトに、一段下がったスペースからホークスが声をかける。

「オールマイトさん、これを見てください」

ホークスが傍らにいるパソコンの前に座っている係員に合図をすると、サイドのモニターに先程のクルーズ船を背に演説している男の停止画が映し出された。クルーズ船に乗っている男の仲間たちの個人情報が次々と表示されるのを見ながらホークスが言う。

「どこかで見たことがあると思ってたんです……」

「彼らは一体……」

オールマイトの問いにホークスが答える。

「ゴリーニ・ファミリー……」

その名にオールマイトがハッとした。

「ゴリーニ・ファミリー……。敵《ヴィラン》を中心に構成された……ヨーロッパ圏最大の犯罪組織か……」

オールマイトが警戒を強めたその頃、オールマイトそっくりの男は巨大な要塞のなかにいた。光に包まれているだけの何も無い空間に男がコインを指で弾き落とすと、足元から

草原が広がっていく。それだけでなく巨大な渓谷《けいこく》の間にある切り立つ岩山に大きな石造りの城のような屋敷が現われた。

ORIGINAL
ジュリオ・
ガンディーニ
GIULIO GANDINI
{"個性"}
??
Part《パート》.2
義手の執事

「デクくん、デクくん……」

「ん、んんっ……」

出久《いずく》は聞き覚えのある声とともに肩を揺さぶられ目を覚ました。ゆっくりと起き上がると、目の前にいたのはお茶子《ちゃこ》だった。

「麗日《うららか》さん……」

「大丈夫か、緑谷《みどりや》……」

近くに瀬呂《せろ》と葉隠《はがくれ》もいて、出久は身体《からだ》の調子を確かめるため首を回したり、腕を回したりする。身体はどうやら無事だった。

「う、うん……ここは……？」

そしてようやく気がついたように辺《あた》りを見回す。

周囲は鬱蒼《うっそう》とした木々に囲《かこ》まれていた。鳥の鳴き声が聞こえ、わずかな木漏《こも》れ日《び》が差す周囲は、熱帯を思わせるつる性の植物や色鮮《あざ》やかな花が咲いたりしている。

「あの光の中……？　なんで、ジャングル……？」

理解が追いつかない出久が戸《と》惑《まど》っていると、瀬呂がお手上げとばかりにをすくめた。

「わかんね」

「気がついたらここにいたの」

立ち上がる葉隠に、出久も立ち上がり近くの木に触れた。

「このジャングルも取り込んだのか……ん？」

その手触りに違和感があった。やけに固いような気がして、出久は木の幹を叩《たた》いてみる。

コンコンと乾いた音がした。

「違う。この木、イミテーション……作り物だ」

困惑《こんわく》しながら出久はよくよく周囲を見回す。違和感は確信に変わった。

「……よく見ると、動物や昆虫の姿がない。八《や》百万《およろず》さんのように無機物を創造する〝個性〟？　けど、こんなにも巨大なものを作り出すなんて……」

生き物の気配も、暑さや湿度も感じられないイミテーションジャングル。偽物《にせもの》のジャングルは見渡す限り、まるで本物のように果てしなく広がっている。とても一人の〝個性〟で作ったとは思えないほどの規模だ。

「どう？」

葉隠が近くの木に登って、電波を拾おうとスマホを上に向けている尾《お》白《じろ》に声をかける。

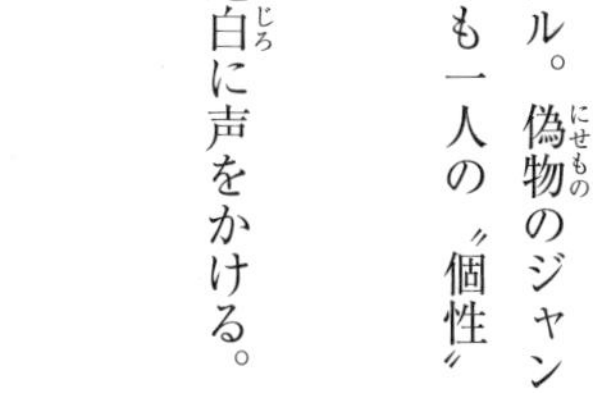

尾白は画面を確認して言った。

「ダメだ、電波が遮断されてる」

「こっちも近くの雑音しか聞こえない」

近くで地面にイヤホンジャックを刺して音の情報を探っていた耳郎《じろう》が成果無しというような表情で振り返る。木から降りて尾白が出久に言った。

「これからどうする？」

みんなが出久が注目する。出久は迷いなく言った。

「まずは、僕らと一緒に、ここに呑《の》み込まれた人たちの安否確認……」

「そんでもって脱出だよな」

お茶子とともに立ち上がりながら瀬呂が続ける。

情報は少なく、ここが一体どういう場所かもわからない。それでもヒーローとしてやることを確認して、全員が「うん」と心構えながら頷《うなず》いた。


「な、な、な……なんじゃ、ここはーっ⁉」

一方、同じく光に呑み込まれてしまった爆豪《ばくごう》、切島《きりしま》、芦戸《あしど》、常闇《とこやみ》、砂藤《さとう》、口田《こうだ》ら1班は目の前に広がる光景に驚いていた。

メリーゴーラウンドにジェットコースター、観覧車。巨大だこを模《も》した乗り物や、回転ブランコなどがある、誰もがどことなく浮かれてしまう楽しく遊ぶための場所。

「遊園地だ」としみじみ言った切島と常闇に爆豪が突っ込む。

「わかっとるわ！」

わかりきったことを言うなと憤慨《ふんがい》している爆豪に「ねえねえ」と芦戸が声をかける。

「コレ動くよ」

振り向いた爆豪が見たのは、真剣な顔でメリーゴーラウンドの馬に乗っている芦戸だった。

「遊ぶな！」

爆豪の突っ込みが炸裂《さくれつ》していたその頃、森を抜けてきた2班の飯田《いいだ》、轟《とどろき》、梅雨《つゆ》、八百万《やおよろず》、上鳴《かみなり》、峰田《みねた》、障子《しょうじ》が見たのは、岩山の間にある小山に沿《そ》って建てられたような街《まち》だった。

「あの光の中に、こんな街があるとはー……」

「なんのために作ったのでしょう？」

唖然《あぜん》と見上げる飯田と八百万の言葉に、上鳴が呆《あき》れ顔で笑って言う。

「そんなのわかるわけないっしょ」

「みんな、天辺《てっぺん》にある広場を見ろ」

複製腕《ふくせいわん》の目で街を注視していた障子の声に、一同が街の上部に目を向ける。街を見下ろすように巨大なオールマイトそっくりの男の像がそびえ立っていた。

「あれは……さっき映像で見た……モニュメントまでオールマイトそっくりかよ！」

げんなりとする峰田。梅雨が冷静に言う。

「なにかあるかもしれないわね」

「ああ、行ってみよう」

轟が応《こた》えて、みんなは街に向かって走り出した。


そしてまた別の場所では、光だけの何も無い空間に豪華な室内が現われた。大きなシャンデリアに金色の手すりのついた階段。高い窓には真っ赤《まか》なカーテンがかけられていて、調度品も高級そうな造《つく》りのものばかりだ。

その奥にある玉座《ぎょくざ》の方へと男はドレスに身を包んだアンナをエスコートしていく。アンナの顔に表情は戻っていない。玉座の横にはデボラたちゴリーニ・ファミリーが並んで出迎えている。

「んん、どうだいアンナ！　キミをイメージして作ったこの部屋の居心地は？」

「とても素敵ですわ、おじさま……」

「FUFU、言うと思った!」

そう言いながらアンナを玉座の横にあるカウチに座らせると、パチンと指を鳴らした。

するとすでに後ろにいたカミルが、抱《かか》えていた電話機を男に差し出す。男はおもむろに受話器を摑《つか》んだ。

「オールマイトさん、先程《さきほど》放送されたあなたと瓜二《うりふた》つの男から、直接話がしたいと連絡がきていますが……」

雄英《ゆうえい》本部でセメントスがオールマイトを振り返った。

「わかった、出よう」

オールマイトが了承すると、すぐに大きなモニターに受話器を持っている男の姿が映し出された。

『いやー、探しましたよ先代、この記念すべき日にちゃんと母校にいるとは……』

フレンドリーに話しかける男にオールマイトは毅然《きぜん》と向き合う。

「巨大物体に取り込まれた人たちは無事なのか⁉」

『もちろん、大切な被《ひ》検体《けんたい》ですから』

「被検体だと？」

眉《まゆ》を寄せるオールマイトに男は笑顔を浮かべたまま続けた。

『オールマイト、貴方《あなた》に連絡を取ったのは改めて宣言するため……。俺が、力を失った貴方の代わりに、その意志を引《ひ》き継《つ》ぎ、混乱したこの国を平定《へいてい》してご覧にいれましょう』

大げさな身振り手振りで丁寧《ていねい》に言葉を並べるが、男の尊大さは隠しきれない。

「私の意志というなら、取り込まれた人々を今すぐ解放してくれ、我々に協力してくれ」

強い口調でそう言うオールマイトに、男は少し間《ま》を置いて口を開いた。

『解放はしません。なぜなら、彼らは貴方の意志を達成するために必要な存在だからです』

ハナから誰の意見も聞くつもりはない態度。人の命などなんとも思ってはおらず、それどころか自分の駒《こま》同然に思っている言葉。

凶悪な犯罪団体のトップの慇懃無礼《いんぎんぶれい》な宣戦布告にモニターを見ていた一同が青ざめる。

だが、オールマイトはわずかに俯《うつむ》いて静かに口を開いた。

「それは私の意志などではない。お前は、私の意志を継いでなどいない。ただ、力を誇示し、己《おのれ》の欲望を満たさんとする……光ではなく、闇《やみ》を求める敵《ヴイラン》だ！」

強い眼差《まなざ》しでそう断言するオールマイトの言葉に、男が天啓を受けたようにハッとする。

そして嬉々《きき》として言った。

『光ではなく、闇！　ならば、俺はオールマイトではなく、ダークマイトと言ったところか……いいね、いい響《ひび》きだ、ダークマイト！』

嬉しさにじっとしていられないのか歩き回るダークマイトのあとを、電話を持ちながらカミルがついていく。

「私の理想を、このようにねじ曲げる者が現われるとは……」

手すりを掴むオールマイトの手が、怒《いか》りに小刻みに震える。

平和の象徴。

理不尽《りふじん》に人々を傷つける敵《ヴィラン》から、みんなを守りたい。みんなが笑顔で暮らせる世の中にしたい。そのために象徴になると決意したあのときの気持ちが踏みにじられた。けれどそんなことはどうでもよかった。

この男は平和を謳《うた》いながら、明日《あす》を望む人々の希望を奪っている。

オールマイトはそれが許せなかった。

「だが……お前などに次を託《たく》すものか！　私が次を託した者は……いや、次を託した者たちは……ヒーローは、お前のすぐ側《そば》にいるぞ！」

次を託された者たちは、今このときも、人々を救《たす》けるために走っている。

しかしダークマイトはオールマイトの言葉を一蹴《いっしゅう》する。

『いいえ、その者たちも、すぐに新《あら》たな象徴に跪《ひざまず》く。ダークマイトという新たな象徴に！　そう、これからは俺の時代……世界よ、もう大丈夫！　俺が来た！　ＦＵＦＵＦＵ……ごきげんよう！』

ダークマイトは大げさにカメラにアピールして電話を切った。そしておもむろに後ろの玉座に腰を下ろす。するとすぐに部屋の空中に、この要塞《ようさい》の内部のホログラム映像が次々と浮かび上がった。それぞれの場所にいる出久たちの様子《ようす》が映っている。

「このキッズたちの中に、オールマイトが次代を託したヒーローがいる……楽しみじゃないか……」

感慨深《かんがいぶか》そうにそう言うダークマイトとそれを見上げていたゴリーニ・ファミリーのなかのブルーノが一つの映像に気づく。

「あの男──……お嬢さんの命を狙《ねら》った賊《ぞく》です」

草原に倒れているジュリオの映像を指差すブルーノに、デボラが言う。

「見覚えがある顔ね……」

ジュリオを確認したパウロがダークマイトを振り返り言った。

「ボス、あの男の始末はこの私が……」

「いいよいいよ、そういうの……。アレ、小物だよ」

手をヒラヒラさせながら面倒臭《めんどうくさ》そうに言うダークマイトにパウロは真剣な表情で続けた。

「適合者に逃亡された失態を……取り返させてください……」

そう言って頭を下げるパウロにダークマイトは少し呆れたように承諾《しょうだく》した。

「仕方ないな。次はないぞパウロ……。それと、これからはボスではなく、ダークマイトと呼ぶようにね！」

「はっ」

パウロがアンナの前に歩み寄り、跪くと手の甲にキスをする。するとパウロの目に花の形の光が現われ、胸元につけてある薔薇の蕾《つぼみ》がパァァと開いた。

アンナの髪の黒い部分がさらにじわりと広がっていく。

次にデボラ、サイモン、ウーゴ、ジル、ブルーノ、カミルが同じようにアンナの手に触れるとそれぞれがつけていた薔薇の蕾が開き、目に花形の光が点《とも》る。アンナの髪がさらに黒くなっていくが、その表情には相変わらず何の感情も浮かんでいない。けれど、わずかに汗ばむ額《ひたい》が身体の苦痛を訴えているようだった。

「FUFUFU、さあ始めようじゃないか……。この俺が象徴となる……ダークマイト伝説の幕開けだ！」

ダークマイトの高笑いが響くなか、要塞がゆっくりと空中に浮かび上がり始めた。

その異変はすぐに要塞の内部にも伝わった。

遊園地のなかを走っていた爆豪たちもその振動に気づき、足を止めて周囲を見渡す。切島が言う。

「なんだ？」

同じく街中《まちなか》を走っていた飯田たちもその振動に気づいて周囲を窺《うかが》っていた。

「地震？」

飯田がそう言ったその頃、出久たちもジャングルのなかで立ち止まって様子を見ていた。

「……違う。僕たちがいるこの物体が、動いてるんだ……」

気づいた出久が顔をしかめる。

その言葉通り、動き出した巨大要塞は街を人を蹂躙《じゅうりん》していく。

「うわぁっ、逃げろぉっっっ！」

地上で人々が叫びながら必死に逃げていく。粉砕される歩道橋。倒壊していくビル。誰かの家だったはずのマンションの一室も、思い出と一緒《いっしょ》に壊されていく。

その間も要塞の下から雨のように降り落ちてくるコインが光に変化して、人や車、ビルを巻き込んで引っ張り上げていった。

為《な》す術《すべ》なく、すべてが光に取り込まれてしまう。

「巨大要塞が移動を開始！」

「北西地区の避難所も襲われました！」

雄英本部のモニターには、地図上をゆっくりと移動していく巨大要塞の現在位置が映し出されている。報告するオペレーターたちの声にも緊迫感が隠しきれない。

「避難所の人たちも要塞に取り込まれたのか……」

ホークスがモニターを真剣に見ながら口を開く。

「あの男、被検体などと言っていたが……一体、なにをするつもりだ……⁉」

オールマイトは為す術を必死で考えながらモニターをみつめていた。

要塞はさらに大きくなっていく。


一方、出久たちは早く避難民と出口を探さなくてはとジャングルのなかを再び走り出していた。ジャングルはまだまだ広がっていそうに見えた——のだが。

ゴンッ！

先頭を走っていた出久が、突然何かにぶつかったように止まる。

「デクくん？」

お茶子たちがあわてて駆け寄る。

出久は何もないはずの空中から、ずるずると滑《すべ》り落《お》ちた。

「壁だ……」

唖然と見上げて出久が呟《つぶや》く。目の前にあるのはジャングルが描かれた壁だった。

「だまし絵かよ」

壁を見上げ、呆れながら瀬呂が言う。耳郎が続けた。

「ここが行き止まりみたいだね」

少し離れた所から葉隠が手を振り言った。

「見て見て、ほらここ、フタがある」

葉隠が指差した地面に、ジャングルにあるはずがないマンホールの蓋《ふた》のようなものがあった。円状に並んだ花の模様のなかにダークマイトが描かれている。

みんなが覗《のぞ》き込《こ》むなか、出久がマンホールの蓋を外《はず》す。内部は金属でできているらしく、幅は人一人が余裕をもって通れるほどだ。目をこらしながら出久が言う。

「暗くてなにも見えない」

「でも、他に出口っぽいのもねーし……」

瀬呂の言葉に耳郎が続ける。

「調べるしかないね」

それを聞いたお茶子が笑顔で出久を見た。

「なら、私とデクくんの出番だ！」

両手の指の腹を合わせながらお茶子が言う。

「ゼログラビティ」

途端、重力がなくなったお茶子がふわりと浮かび上がる。葉隠が放っておくとどこまでも浮き上がってしまうお茶子の手を持っている。

（７ｔｈ《セブンス》、浮遊《ふゆう》）

出久も〝個性〟を発動し、ふわりと浮き上がった。

「罠《わな》があるかもしれない。麗日さん、少し離れてからついてきて」

「了解」

出久はそのまま上に張り出していた太い枝に両手をつくと、穴に向かって自分をゆっくりと押し出し、そのまま下に降りていく。葉隠の「気をつけてね」という声を聞きながら、お茶子もそれに続いた。

暗闇のなか、二人は宇宙飛行士のように、ゆっくりと穴を下降していく。

（どこまで続くんだ、この穴……）

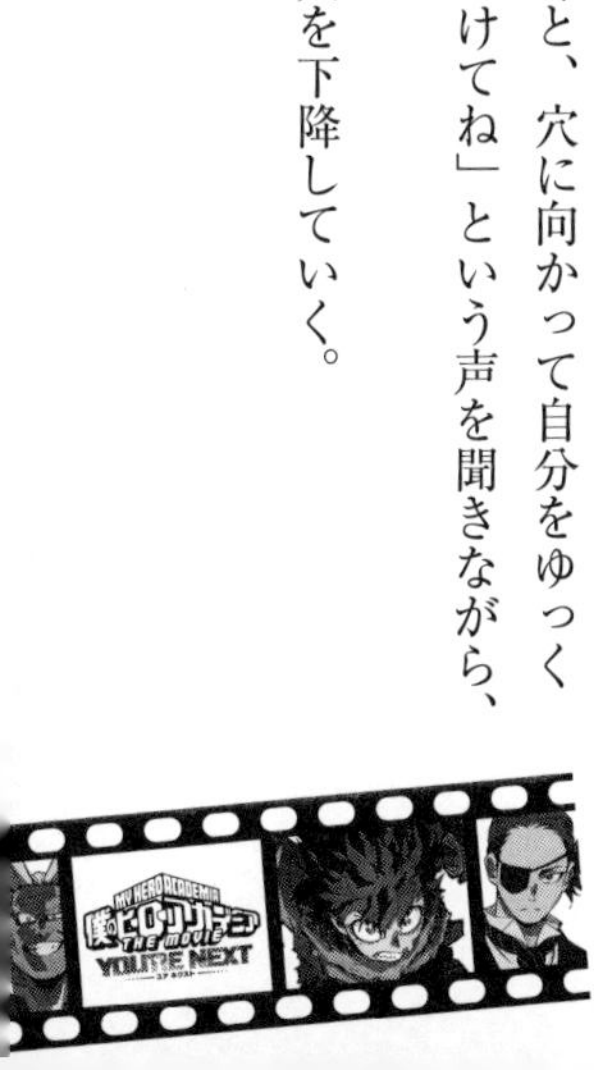

出久がそう思ったとき、海辺の空間でパウロが口を開いた。

「アン・イデオロギー……」

次の瞬間、出久の浮遊の〝個性〟が消えた。

「うっ、うわあぁぁっっ！」

突然のことに滑り落ち続ける出久だったが、なんとか手と足で穴の壁に踏ん張り、止まることができた。

「なんだ？　いきなり〝個性〟が消えた……？」

混乱する出久に上からお茶子の声がかけられる。

「どうしたの、デクくん⁉」

「麗日さん、それ以上降りないで！　なぜだかわかんないけど〝個性〟が消えた！」

「〝個性〟が⁉」

「戻って瀬呂くんに、テープを出してと伝えて！」

「わかった」

お茶子は壁に手をついて方向転換し、上へと戻っていく。

（〝個性〟を抹消《まっしょう》する相澤《あいざわ》先生のような能力者がいるのか……発動条件は……）

思案する出久。その時ずるっと足が滑る。

「わわわ！……ふう……！」

なんとか踏ん張って持ちこたえる出久だったが、安心したのも束《つか》の間《ま》、再び足が滑り始めてしまう。

「うわっ！　うわぁぁっっっっ！」

ほぼ垂直の穴のなかで必死に踏ん張るが、落ち続けていく手足からあまりのスピードに煙が出始める。

（ま、股《また》がぁぁっっっ！）

大股開きのまま、出久は曲がりくねった穴のなかを落下し続けていく。このままでは股が裂けてしまうかもしれないと思ったとき、穴の終わりがきた。

「うわああっっっっっ！」

快晴の空が描かれた天井の穴から、ぺっと吐き出されたように出久が落下してくる。空の下にあったのは雪山だ。急角度の斜面を雪を巻き込みながらゴロゴロと転がって大きな雪玉になっていく。湖に突き出している崖《がけ》から、まるでスキージャンプさながらに飛び出し落下した。

その頃、耳郎たちは戻ってきたお茶子から状況を聞いていた。

「緑谷の〝個性〟が消えた⁉」

驚く耳郎にお茶子が応える。

「わからんけど、そういう仕掛けがあるみたい」

「そんな……」

〝個性〟が使えないとなると、できることが狭《せば》まってしまう。どうしたらいいと考える耳郎たちだったが、穴のそばにいた瀬呂がいつもどおりの笑顔で言った。

「テープを伸ばしておけば、途中で〝個性〟が使えなくなっても降りれんだろ。時間かかっけど」

そして肘《ひじ》から出したテープを穴のなかに垂《た》らしてゆく。

「うん。とにかく降りてみよう」

瀬呂の言葉にお茶子たちも立ち上がった。

どんな現状でも最善を尽《つ》くすのみだ。


「……死ぬかと思った」

湖のなかから立ち上がった出久が思わず呟く。ジェットコースターのように急落下し、雪山を転《ころ》がり湖に水没したのだから、疲れるのも無理はない。

出久はずぶ濡《ぬ》れのまま湖から出て歩き出した。

改めて周囲を見渡すと美しい山岳地帯だった。そびえ立つ山々。麓《ふもと》には森が広がり、澄んだ湖のある平地には岩が点在し、草が生《お》い茂《しげ》って爽《さわ》やかな初夏を思わせた。けれど、ここは要塞の中なのだ。暑さも寒さも風も匂《にお》いもない。

「ジャングルの次は山か……まだ、〝個性〟は使えない」

出久は歩きながら自分の右手を見つめた。集中しても〝個性〟は発動しなかった。

「みんなと早く合流しないと……」

少し歩いたあと、出久は視線の先に倒れている赤い大型バイクを見つけた。その近くで岩陰《いわかげ》に倒れている人の足に気づいて、出久は疲れも忘れて急いで駆け寄った。

「だ、大丈夫ですか……っ」

驚く出久。突然突きつけられたのは義手《ぎしゅ》の銃だ。

「あ、あなたは……」

両手を上げながら出久は、バイクに乗って少女を撃った青年だと気づく。同じくジュリオも出久に気づいた。

「ああ、さっき私の邪魔《じゃま》をしてくれたヒーローのガキ様ですか」

(ガキ様!?)

妙な呼び方をされ面食らう出久。ジュリオは冷酷そうな目を向けたまま言った。

MY HERO
ACADEMIA

YOU'RE
NEXT

「出口はどこか教えてください」

「わかりません。僕もここに落とされたばかりなんです」

出久が正直に言うと、ジュリオはため息をつきながら銃を義手に戻した。

「まったく使えないガキ様でいらっしゃる」

(丁寧にディスられた)

慇懃無礼なジュリオにショックを受ける出久。立ち上がったジュリオは用は済んだとばかりに背を向けると、低い平らな岩の上で淹《い》れていた紅茶をシェルカップへと注《そそ》ぐ。

「ならば用はありません。とっととどこかに行ってのたれ死んでください」

「あの……」

素《そ》っ気《け》ないジュリオに出久は改まったように声をかける。

「……あの女性を撃とうとしてましたよね……?」

無抵抗の少女をためらうことなく撃った。それは何があっても見過ごせることではない。

ジュリオは紅茶を口にする。渋《しぶ》みにわずかに眉が寄せられた。

「なぜ、あんなことを……?」

「ガキ様には関係ございません」

そう言いながらジュリオは背中から取り出した銃を出久の方に向かって撃った。突然の

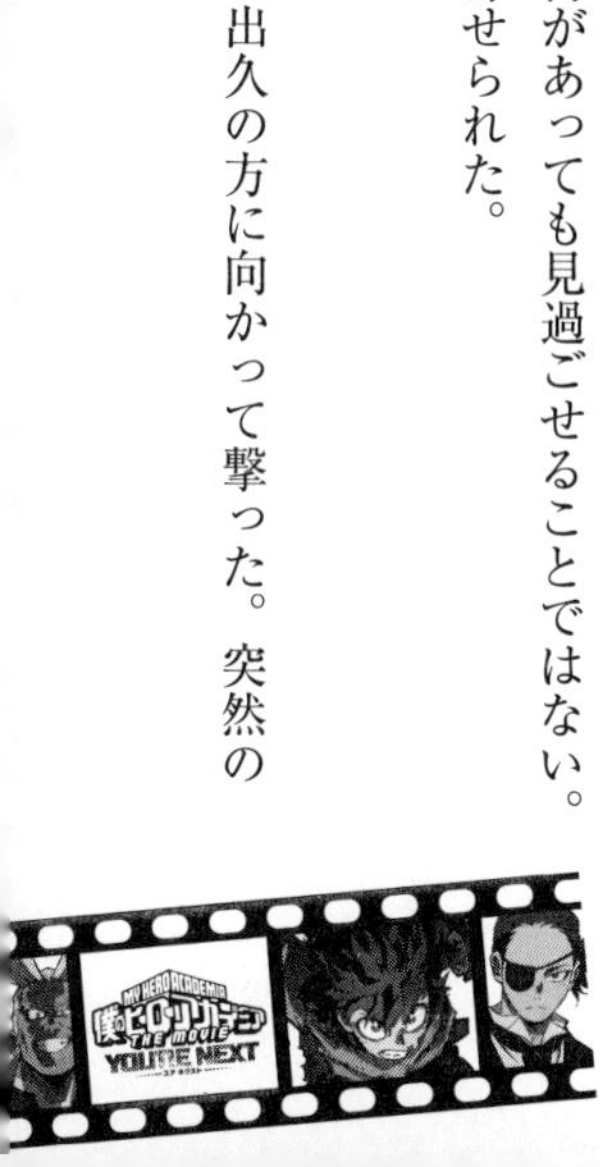

ことに驚く出久の後ろで被弾した男が「うっ、ううっ……」と呻《うめ》きながら倒れる。男は銃を手にしていた。

「殺して——」

「ショック弾です」

出久の言葉を遮《さえぎ》るジュリオ。次の瞬間、ジュリオの持っていたカップに銃弾が貫通する。弾《はじ》ける紅茶。続けざま銃弾が撃ち込まれ、二人は急いで岩の後ろに飛び込んだ。

少し離れた岩陰からサングラスにスーツの男二人が銃撃してきている。

割れるガラスポット。お湯を沸《わ》かしていた小さなヤカンと小型のガスバーナーコンロも銃弾に倒れる。

「あの人たち、なぜいきなり……」

突然の襲撃に困惑する出久に、ジュリオは冷静に言った。

「こういうときこそヒーローの出番では？」

「それが、〝個性〟が使えなくて……」

「本当に使えないガキ様でいらっしゃる」

ジュリオはそう言って、苦笑《にがわら》いするしかない出久を蹴《け》り飛《と》ばした。

「わ！　わ！　わわわわ！」

岩陰から飛び出してきた出久を銃弾が襲う。〝個性〟が使えない生身《なまみ》の身体では必死に逃げるしかない。

「うわあ〜っ！」

だが、銃弾はなかなか当たらず、男たちはなんとしても仕留《しと》めようと思わず身を乗り出す。その隙《すき》にジュリオが男たちの背後に回り、ショック弾を撃ち込んだ。

「少しは使えるようになりましたね」

命からがら逃げ岩にしがみついてヒクヒクしている出久に、ジュリオは空《から》になった弾倉《だんそう》に新しい弾《たま》を充塡《じゅうてん》しながら事もなげに言う。

「は、はは…ははっ……」

力なく笑いながら出久は思った。

（殺される……）

ジュリオは倒れている男たちに銃を向けて言った。

「お嬢様……アンナ様はどこにいらっしゃいますか？」

（あんな？）

知らない名前に出久が振り返る。

「し、知らねーな」

「たとえ知っててもしゃべるわけがねーだろ……」

「左様でございますか、ならば用はございません」

男たちの態度にジュリオは冷徹な表情を変えることなく、ショック弾を容赦《ようしゃ》なく撃ち込んだ。

「ぎゃあああっっっ!」

のたうち回る男たちを見て、出久は若干《じゃっかん》引きながら思った。

(丁寧に残酷)

ジュリオは倒れているバイクの元に行くと、下に手を差し込み持ち上げようとする。大型なので軽く200キロ以上はありそうなバイクがゆっくりと持ち上がる。ポーカーフェイスだが、よほど力を入れているのか、上着の背中が縦《たて》にバリリッと裂けた。瞬間、気を取られてジュリオの力が緩《ゆる》んでしまう。落ちそうになるバイクを出久がサッと支《ささ》えた。二人で力を合わせてバイクを起こすことができた。

顔を向けるジュリオに出久はにっこりと笑う。

「力仕事は得意なんです」

邪気《じゃき》の無い出久をジュリオはじっとみつめる。表情は変わらなかったが、その顔にはわずかな戸惑いが滲《にじ》んでいた。

Part《パート》.3
幸せな悪夢

街《まち》を駆けていた飯田《いいだ》たちは、ようやく頂上のダークマイトの像がある場所に辿《たど》り着《つ》いた。そこは広場になっていて、視界に入ってきた光景に轟《とどろき》が驚く。

「これは……⁉」

広場にはたくさんの人々がまるで並んでいるような状態で倒れていた。その周囲には薔《ば》薇《ら》の花びらが散乱している。

「ここに取り込まれた避難民たちか……」

「一体、何をされたんですの……？」

唖《あ》然《ぜん》とする飯田と八百万《やおよろず》。その時、上鳴《かみなり》が何かに気づいた。

「おい、あそこ！」

上鳴が指差す。倒れている人々の先に、避難民らしき人々が列を成《な》していた。その先頭に避難民たちと向かい合うようにデボラとアンナがいる。アンナの髪の上部がだいぶ黒くなっていた。

「誰だ？　避難民には見えないが……」

轟が不思議そうに言う。

避難民たちは、こんなに大勢の人々が倒れているのに騒ぎもせず、ただ大人《おとな》しく列を作っている。それは異様な光景だった。

避難民の先頭にいた男が感極《かんきわ》まった様子でアンナに近づいていく。

「ああ、やっと会えた……君を失ってから、ずっとずっと、会いたかったんだ……」

そう言って男がアンナの手を取ると、その周囲にパァッと花びらが散り、「ぐあぁっ！」と男がもがき苦しみながら気絶した。

アンナとデボラは倒れた男を気にする様子《ようす》もなく、次に控えている避難民へと近づいていく。

「あの女性、何をした⁉」

「救《たす》けるぞ！」

声をあげる飯田と轟。みんながダッと駆け寄っていく。

デボラがそれに気づいて振り返った。

「あら、勇敢じゃない……。けどね……」

妖艶《ようえん》に微笑《ほほえ》むデボラの目が怪しく光る。

——次の瞬間。

上嶋と峰田《みねた》はピンク色の空間にいた。

「キャァァ、グレープジュースぅ！」

「チャージ～ぃ！」

突如《とつじょ》出てきたのは水着の美女たち。黄色い歓声を上げる美女たちに、上嶋と峰田は反射的に目がハートになった。

「「はいキタコレー！」」

砂浜のパラソルの下、美女たちに囲《かこ》まれ上嶋と峰田はこの世の春を味わっていた。


そして轟はなぜか子どもの姿で自宅の庭にいた。

「焦凍《しょうと》、サッカーやろうぜ」

子どもの轟が振り返る。池の橋の上で子どもの燈矢《とうや》が笑顔でボールを手にしていた。

「焦凍、燈矢兄《にい》！」

「こっちこっちー！」

また振り向くと同じく子どもの夏雄《なつお》と冬美《ふゆみ》が、二人に向かって手を振っている。子どもの轟は笑顔で駆け出し、燈矢はボールを投げ込む。四人で楽しくボールを蹴《け》り合《あ》う様子を、縁側《えんがわ》でエンデヴァーと冷《れい》が優しく見守る。

「あはははは！」

何も心配することなく、子どもの轟は楽しそうに無邪気《むじゃき》にボールを蹴った。


八百万は優雅にアフタヌーンティーを楽しんでいた。

「ロンネフェルトの茶葉……ああ、なんていい香り……」

淹《い》れ立《た》ての紅茶の芳醇《ほうじゅん》な香りを嗅《か》ぎ、うっとりとする八百万。心が癒《い》やされる至福の時だ。


飯田は完全回復した兄の天晴《てんせい》と一緒《いっしょ》にヒーロー活動していた。

「ダブル・インゲニウムだね、兄さん！」

二人で一緒に走りながら飯田は嬉《うれ》しそうに言いながら、晴れ晴れしい気持ちで街を駆け抜けていく。


梅雨《つゆ》は気持ちいい雨の中で、家族とカエルと歌を歌っていた。

「ケロケロケロ～♪　ケロケロ～♪」

みんなで仲良く、カエルの合唱団だ。

障子《しょうじ》は子どもの姿でふるさとのあぜ道を女の子と手を繋《つな》いで歩く。

穏《おだ》やかな日常がただただ幸せだった。


現実の一同は、要塞《ようさい》内の街の広場で座り込んだり、その場で走ったりしているだけだ。

「「デヘヘヘヘ……」」

「……昼は、蕎麦《そば》がいいな……」

上鳴と峰田がだらしなく楽しそうに笑い、轟は嬉しそうに言う。

そんな様子を見てデボラは目を細める。

「しばらく夢の中で楽しんでなさい、あとでゆっくり調べてあげるから」

「ぐあぁぁぁぁあっっ！」

アンナに触れた避難民がまた一人、薔薇の花びらとともに苦しんで倒れる。

ほんの少し苛立《いらだ》ったようにデボラが避難民の列を見ながら言った。

「にしてもなかなか見つからないわね適合者……。ま、仕方ないか、構成員二万のファミリーでたったの八人しかいなかったんだもの」

「ぐああぁぁぁあっっ！」

そしてまた一人、避難民が倒れた。

爆豪《ばくごう》たちは遊園地内の城の中を走っていた。

目視できる乗り物には何も異状がなかったので、何かあるとすれば城だろうと踏んだのだ。爆豪が爆破して、みんなでひたすら奥へと進んでいく。

長い廊下を抜けたところで広間に出た。

「ＦＵＦＵ……」

その笑い声にハッと爆豪たちが階段の上を見る。

そこにいたのは派手な電飾を背に、魔王風の衣装を着ているダークマイトだった。そばに控えているカミルもピエロの扮装《ふんそう》をしている。

「ようこそ、荒廃した世界でもがき苦しむ若きヒーローたちよ」

「オールマイトのパチモン野郎か」

吐き捨てる爆豪にダークマイトは次々とマッスルポーズを決めながら誇らしげに言った。

「ダークマイトだよ。先程《さきほど》、自分で決めたんだ。いい名前だろう？」

「俺たちをこんな場所に連れてきて、なにをする気だ⁉」

切島《きりしま》の問いにダークマイトは、なおもポーズを決めながら応《こた》える。

「オールマイトがなぜ世界中からリスペクトされるに至《いた》ったか、真剣に考えたことはあるかね⁉ 人は強さに惹《ひ》かれる。そう、力こそエンターテインメント！ この施設、シンボル・オブ・パラダイスは平和のランドマーク！ 君たちがここを守るナイトにふさわしいかテストしてあげよう！ クリアできたらそのとき俺たちは同志だ！ 俺が象徴となる瞬間をともに祝おう！ ともに歴史をつくろう！ 理解《わか》ったら挙手したまえ！ ハイ！」

あまりに一方的な自信満々の言い分に、切島たちがポカンとする。どこから突っ込んでいいかわからない。だが、そのなかで爆豪が一人、手を挙げた。

「おい、似てんのァ面《つら》だけかよ」

ふて腐《くさ》れた態度の爆豪にダークマイトは怒《いか》りを露《あら》わにする。

「んんん‼ わかって…ないじゃないかァァァ！」

しかし最後にエンターテインメントとばかりにニコッと笑って「イッツ・ショータイム！」と言うと、爆豪たちを囲むように光の円が足元に浮かび上がった。その円形がぐにゃりと緩《ゆる》み、爆豪たちが落下してしまう。

「おわっ！」

落とされた面々だったが、すぐに体勢を整えスタッと着地する。周囲を見渡し切島が言った。

「なんだ、ここは？」

「ゲームのダンジョンみてえ……。エンタメってそういうことか……？」

困惑《こんわく》する砂藤《さとう》の言葉通り、そこは薄暗い牢獄《ろうごく》のような場所だった。天井の穴はすぐに閉じていく。芦戸《あしど》が正直に言った。

「あの人なんかずれてるよ～！」

敵《ヴィラン》として対峙《たいじ》している芦戸たちを勝手に試し、仲間にしてやってもいいという。敵《ヴィラン》はそもそもヒーロー側とは正反対の相容《あいい》れない存在なのだろうが、ダークマイトの言動は根本的に噛《か》み合《あ》わないのだ。

「うわぁ！」

突然の口田《こうだ》の高い叫びにみんなが振り返る。奥からナメクジを太らせたような大きな怪物がのそのそと近づいてきた。芦戸が叫ぶ。

「モンスターだーっ！」

モンスターは一匹だけでなく、馬に翼《つばさ》が生《は》えたようなものや、小型クジラのようなもの

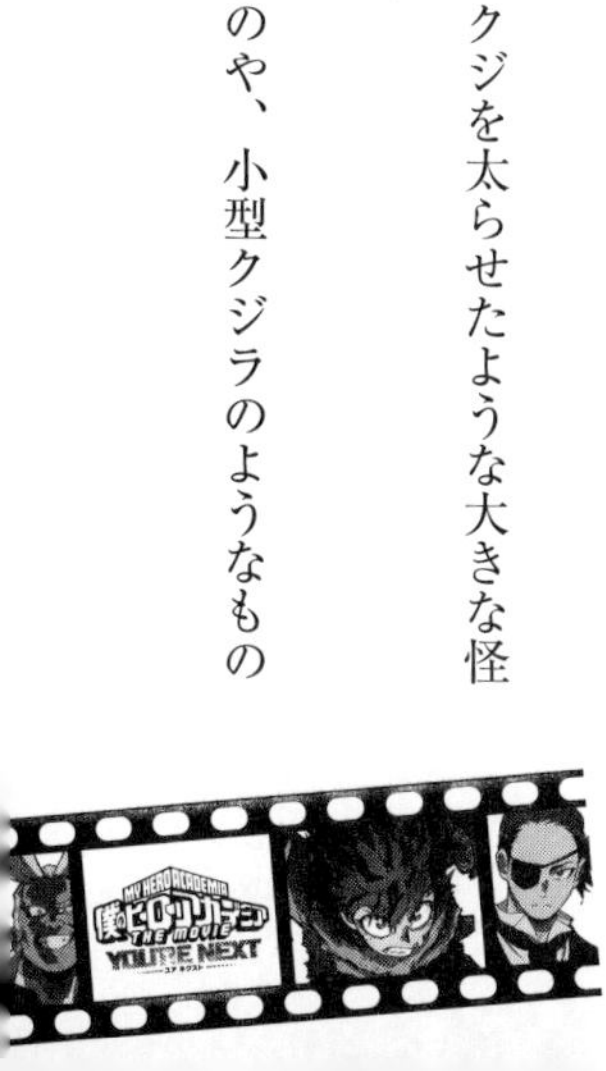

が四方八方から出てきた。近づいてくるモンスターたちを見た爆豪が好戦的にニヤリと笑いながら手のひらから小さな爆破《ばくは》を出し準備する。

「ダンジョン突破で全クリってか」

「とりあえず、ここから出なくちゃ」

いつ襲ってきてもいいように戦闘態勢に身構《みがま》える芦戸。切島も硬化《こうか》しながらモンスターたちに身構え言った。

「話になんねえ」

砂藤は携帯している砂糖の粒を口に放り込み、身体《からだ》が強化させる。

「ダークシャドウ」

常闇《とこやみ》は黒　影《ダークシャドウ》を解放した。

「行くぞ、お前ら！」

爆豪が手のひらから爆破《ばくは》を出しモンスターに襲いかかる。モンスターたちが爆破され木《こ》っ端微塵《ぱみじん》になる。

「アシッドショット！」

芦戸は襲い掛かってくるモンスター相手に溶解度の高い酸《さん》をお見舞いする。

「うおおおお！」

切島と砂藤は息を合わせ同時にパンチを打ち、そのパワーに複数のモンスターが一気に吹き飛ばされた。

黒影《ダークシャドウ》は飛んでくるモンスターを次々と屠《ほふ》る。

そんなそれぞれが戦っている様子を、別室の複数のモニターで観察している男がいた。

魔法使いに分したサイモンが、まるでゲームマスターのように悠々《ゆうゆう》と口を開く。

「ククク……さて、何人生き残れるかな……」

出久《いずく》はジュリオのバイクの後ろに乗せてもらい、湖畔《こはん》近くを颯爽《さっそう》と走っていた。

後ろの荷台には破れてしまったジュリオの上着が荷物の上にくくりつけられている。人によっては、もう捨てておいてもいいようなくらいボロボロになっていたが、余程《よほど》大切にしているのか、ジュリオは丁寧《ていねい》に畳《たた》みもっていくことにしたのだ。

「乗せてくれてありがとうございます」

「礼には及びません。いざというとき、弾除《たまよ》けに使わせていただきますので」

お礼を言う出久に素《そ》っ気《け》なく返すジュリオ。出久はさっきおとりに使われたことを思い出し、本当にやるんだろうなと苦笑《にがわら》いする。

気を取り直して出久は言った。

「それで、どこに向かってるんです？」

「先程、ザコ様から拝借いたしました」

運転しながらジュリオが懐《ふところ》からカード型の端末を出久に渡してくる。

「ここが〝個性〟の使えない場所なら、どこかに物理的な出入り口があるはず」

端末の画面にテニスコートを線で表しているようなものが表示された。出久が画面に触れてみると、そのコートの線が中心から左右に分かれて移動する。それと同時に横に見えている岩の描かれた壁の一部が動き、トンネルが現われた。

「どうやらビンゴのようですね」

ジュリオが身体を傾け、トンネルへと向かう。

中に入ると古代ローマ時代のような石造《いしづく》りのトンネルだった。点々と灯《あか》りがついている薄暗いトンネルはどこまでも続いているかのように見える。

出久は流れていくトンネルの壁を見ながら何気なく口にした。

「なぜ、僕らは襲われたんでしょう？」

「僕らではなく私だと思います」

返答に出久は「え？」とジュリオを見る。ジュリオは前を見据《みす》えながら続けた。

「私がお嬢様を狙《ねら》っていることを知り、邪魔《じゃま》だと感じたのかもしれません」

何の感情もみえない声色《こわいろ》。冷徹そうな面差《おもざ》し。人を簡単に利用してみせる冷淡さ。

けれど、出久にはどうしてもジュリオが振るまい通りの冷たい人間には思えなかった。

最初に銃口を向けられたとき、何の敵意もなかったのだ。それに、弾除けに利用すると言いながらも、こうしてバイクに乗せてくれている。

そんな人間が無抵抗の少女を撃つ理由は何なのだろう。

「どうしてあなたは――……!?」

そう問いかけた出久がハッと前方からやってくる何かに気づく。飛んできたのはロケット弾だった。ジュリオがサッとバイクで避《よ》けると、後方に着弾し爆発した。

「今のは……!」

出久が再びハッとする。今度は二発のロケット弾が向かってきている。

バイクの左側のトランクが開き、三つの穴が現われた。その穴から弾が発射されてロケット弾へと向かう。空中で弾が破砕し、放電が網《あみ》のように走る。ロケット弾はそれに引っかかり爆発した。ジュリオは爆煙を抜け、加速する。

突き進み、黒煙を纏《まと》いながらトンネルを抜けると、そこは岩場に囲まれた入り江だった。大きな岩が砂浜に点在している。

その海辺に三人の男がいた。一人はパウロで、残りの二人は手下のようだった。

「撃て」

パウロは顔がロケットランチャーになっている男に命令する。男は言われるまま顔から
ジュリオたちに向かってロケット弾を発射した。

直後、ジュリオは走っているバイクからサッと飛び降りた。

「ちょ、ちょっと！」

残されあわてる出久だったが、バイクを傾《かたむ》けながらなんとか飛び降りる。ロケット弾が
近くの崖《がけ》に当たり爆発した。

砂浜に転《ころ》がり落《お》ちたジュリオは、そのまま流れるように立ち上がってパウロたち目掛け
て駆け出す。走りながら義手《ぎしゅ》を銃に変形させ、すぐさま銃弾を撃ち込んでいく。だが銃弾
はもう一人の手下の男がバリアを展開させ弾《はじ》かれてしまった。それに出久が気づく。

（〝個性〟を使ってる。さっきは銃を……〝個性〟を使ってなかったのに……）

山岳地帯で襲ってきた男たちは本物の銃を使っていたことを思い出す。

「そこの男、なぜアンナの命を狙う？」

パウロがジュリオに問いかける。ジュリオは銃を構《かま》えたまま淡々と答えた。

「お嬢様と約束をしましたので」

「お嬢様……？　お前、シェルビーノの手の者か？」

何かに気づいたパウロが合点《がてん》がいったように言う。

（シェルビーノ？）

初めて聞く名前に出久が反応する。ジュリオは一歩も引かず言った。

「お嬢様にこれ以上、〝個性〟を使わせないでください。あなたたちは、お嬢様の〝個性〟がどういうものかまるでわかっていません」

「そうはいかない。アンナは、ボスの理想を実現するために必要な装置だ」

「そうですか、ならば……実力を行使させていただきます」

パウロの言葉にジュリオはそう応えながら銃弾を撃ち込む。だが銃弾は手下のバリアで阻《はば》まれ、もう一人の手下の男が今度は右手をバルカン砲に変化させ銃弾を連射してきた。

ジュリオは咄嗟《とっさ》に岩陰《いわかげ》に飛び込み反撃するが、銃弾はやはり通らない。そのうえ、バルカン砲の矢のような連射は激しく、岩を徐々に削っていく。

出久も少し離れた岩陰に隠れながら、攻撃しているパウロたちの様子をじっと見ていた。

（全員、あそこから動かない）

パウロは手下たちの後ろに控えたままだ。手下たちも攻撃するなら移動することもあるはずなのに、一定の距離から動かないのだ。

そこで出久は仮説を立て作戦を思いついた。

（あの男が〝個性〟を封じているなら……きっと……！）

出久は岩陰を移動しながらジュリオの元へやってくる。

「隙《すき》を作れますか？」

「作ったら？」

振り返りもせず反撃しているジュリオに出久はきっぱりと言った。

「倒します」

ジュリオが出久を振り返り、一瞬じっとみつめた。

迷いのないまっすぐな出久の目に、ジュリオは威嚇《いかく》するように一度パウロたちに反撃してから岩陰に身を隠す。

「なら、虎《とら》の子《こ》を出しましょう」

そして銃を義手に変化させ、上腕部分のアクリル板に指でサインを描くとバイクの操作盤が表示された。ジュリオが指で操作盤をなぞると、倒れていたバイクからアームのようなものが出現し、自立し走り出す。その間に出久は岩陰から岩陰へと駆け出した。

バルカン砲の銃弾が出久を襲うのを高みの見物していたパウロの視界の隅《すみ》に何かが迫《せま》ってくる。

「なにっ⁉」

ジュリオが遠隔操作するバイクだ。気づいた手下がバルカン砲をバイクに向けて撃つが、被弾しながらも頑丈《がんじょう》なバイクは突っ込んでくる。そして岩を利用して高くジャンプしたあと、車体を覆《おお》っていたカウルや荷台が切り離され、それらにセットされていた爆弾が爆発した。

手下の男がバリアを張り爆発に巻き込まれることはなかったが、黒煙を防ぐことはできず、視界が遮《さえぎ》られる。

「くそっ！」

パウロたちが黒煙のなかで警戒するが、隣にいても目を凝《こ》らさなければ誰かわからない。その黒煙が揺らぎ、出久がバッと飛び込んできた。その瞬間、〝個性〟が発動できた。

（使える）

気づいた手下が咄嗟にバリアを張るが、出久はフルカウルのパワーでぶん殴《なぐ》る。あまりのパワーにパウロとバリアを張っていた手下が黒煙とともに吹っ飛んだ。

「ぐはっ！」

しかしその直後、フルカウルが消えた。そんな出久に残った手下がバルカン砲を向けようとするが変身が解《と》けてしまう。

（思った通りだ。〝個性〟を使えなくする空間——でも、味方の〝個性〟を発動させるた

め、自分の周囲にだけはそれがない）

自分の仮説が当たっていたことを確認しながら、出久は砂浜に落ちたパウロの元へ駆け出す。バルカン砲の手下も〝個性〟が使える場所を目指し駆け出した。

気づいた男があわててバリアを張る。〝個性〟が使える空間に入ったもう一人の手下が手をバルカン砲に変化させ銃口を出久に向ける。同じく〝個性〟が使えるようになった出久がフルカウルを発動させるとバッと立ち止まり、両腕をそれぞれ手下たちに向け、エアフォースを放つ。衝撃を食らった手下たちは吹っ飛び、壁や岩に叩《たた》きつけられた。

「くぅっ！」

「逃がさないっ！」

出久は逃げ出したパウロをすぐに黒鞭《クロムチ》で捉《とら》えて高くジャンプする。そして錐《きり》もみ回転しながらパウロの脳天めがけてかかとを振り下ろした。

「マンチェスター・スマッシュ！」

「ぐはっ！」

吹っ飛ばされたパウロは砂浜に落ちる。

出久は構えを戻すと、フルカウルのパワーを実感するように両手をみつめた。

「〝個性〟が完全に戻った。助かりまし……」

〝個性〟を解き、ジュリオを振り返り「え？」と小さく驚く。

ジュリオが出久に銃を向けていた。だが銃口はすぐに上部へと向きを変える。天に向かって発射された銃弾だったが、それはコインが光の盾《たて》となり防がれた。

ハッと振り向いた出久。空が描かれた壁の中腹に作ったバルコニーからこちらを見ていたのはダークマイトだった。カミルも側《そば》に控えている。

「また会ったな少年。みたところ〝個性〟を複数持っているようだが、先代の言っていた《次を託《たく》した者》というのは、もしかしてキミかな？」

上から出久を指差すダークマイト。出久はすぐさまダークマイトの高さまでジャンプし、蹴りを放つ。

しかしそれはダークマイトが出した金色に光る手に摑《つか》まれた。

「FUFUFU、ヒーローのくせに不意打ちとは……」

そう言いながら目を閉じ微笑んでいるダークマイトに出久は怒りを滲《にじ》ませ問う。

「お前は何をしようとしている⁉　何を企《たくら》んでいる⁉」

「言っただろう……なるんだよ、象徴に……この俺、ダークマイトが……」

「ダークマイト⁉」

初めて聞く名に目を剝《む》く出久。オールマイトの姿を模倣《もほう》しただけでなく名前まで捩《もじ》って

いるなど、到底受け入れられるはずもない。そんな出久にダークマイトは言う。

「オールマイトを超《こ》える者の名さ」

怒りを露わにする出久。摑まれている足にさらに力を込められた。ダークマイトは邪悪《じゃあく》そうな笑《え》みを浮かべたままグルングルンと腕を振り回し、拳《こぶし》を放つ。

「ボローニャ・スマッシュ！」

強力なパンチに出久の顔が歪《ゆが》んだ。

（なんて……パワー……だ……）

あまり威力に出久が吹っ飛ばされる。一直線に向かいの壁に激突し、気を失った出久が落下してしまう。ジュリオは銃を義手に戻し岩に駆け上がると、素早く義手からワイヤーを落下中の出久に発射する。ワイヤーに引っ張られすごい速さでやってくる出久を身体で受け止め、砂浜を転がった。

そんな様子を笑って見ていたダークマイトだったが、ふと下を悲しげに見る。通常に戻った手から、下で気絶したままのパウロの近くに二枚のコインを落とすと、パウロの両脇《りょうわき》に落ちたコインから光が広がる。その中からスーツを着た大きなモンスターが現われ、パウロを摑んだ。

「！　うわあああ！」

気を取り戻したパウロは逃《のが》れようとするが、モンスターに捕《と》らえられダークマイトの前に連れていかれる。

「ボ、ボス」

「パウロ……ああパウロ！　本ッ当に残念だ！」

「待ってくれボス！　もう一度チャンスを……！」

大げさに嘆《なげ》くダークマイトにパウロがハッとして叫ぶ。ダークマイトは続けた。

「もう一度……。そうだ、その言葉を信じて次を許した。その先にあったのはなんだと思う？」

問いかけられたパウロは恐怖で答えることもできない。そんなパウロにダークマイトは鬼の形相《ぎょうそう》で声を荒らげた。

「怠惰《たいだ》だよ。大罪の一つだ。どれだけのバカがゴリーニの名を穢《けが》してきたことか」

凍りついたパウロから冷や汗がダラダラと流れ始める。ダークマイトはスッと表情を無くし、じっとパウロを見た。

「オールマイトは一度たりとも敗《やぶ》れたことはない」

自分の運命の糸が途切れそうになっているのを必死でたぐり寄せるように、パウロは冷や汗と涙で顔を濡《ぬ》らしながら懇願《こんがん》した。

「もう負けない！　失敗しない！　必ず仕事をやり遂《と》げる！」

そんなパウロにダークマイトはふむと考え込む。

「慈悲《じひ》を与えるのもまた平和への一歩か……」

その言葉に一瞬ホッとしたパウロにダークマイトは優しい笑みを浮かべて言った。

「生まれ変わってまた必ず俺の下へおいで」

サムズダウンするダークマイト。それを合図のようにパウロの真下にまるで地獄の釜《かま》を思わせる深く大きい穴が広がる。モンスターがパッと手を放した。

「うわぁぁっっ！」

宙をもがきながら落下していくパウロ。しばらくして何かに激突したような嫌《いや》な音が響《ひび》いた。

出久を抱えながら顔を歪めて穴を見ていたジュリオは、ダークマイトを睨《にら》みつける。

ダークマイトはまったく気にすることなくジュリオに言った。

「その少年に伝えるがいい。この俺の、象徴の偉大さを知り、ともに歩むと決意するまで、何度でも挑《いど》んでこいとな……」

そしてバルコニーの後ろに現われた扉に消えていった。同時にモンスターたちも壁の中へと消えてゆく。

ジュリオはただその後を悔《くや》しげに睨みつけることしかできなかった。

壁のなかへ消えたダークマイトは、次々とできていく通路をカミルとともに歩いていた。場所と場所を通路で繋げられるダークマイトの〝個性〟、回遊《かいゆう》だ。

ふと、ダークマイトの頬《ほお》からスッと血が流れる。傷はさっきの出久の蹴りでできたものだった。

「俺の顔に傷をつけるとはねえ……」

真顔《まがお》でそう言って手の甲で血を拭《ぬぐ》うと、スッと傷が治っていく。

「しっかり教育してあげなくっちゃね……ＦＵＦＵＦＵ……」

ダークマイトはおもしろそうに笑った。

お茶子《ちゃこ》たちは瀬呂《せろ》のテープにつかまってくだり、やっと山岳地帯の雪山に降り立った。

「ジャングルの次は山かよ」

瀬呂が雪を踏みしめながら言う。

「〝個性〟が使えなくなる仕掛け、なかったね」

葉隠《はがくれ》は辺《あた》りを見渡すように目の辺りに手を掲《かか》げながら口を開く。尾白《おじろ》がそれに応えた。

「緑谷《みどりや》がなんとかしたのかも」

「そのデクくんはどこに……」

お茶子は辺りをキョロキョロと探す。次の瞬間、お茶子たちの足元が円形にボコッと下がった。

「へ？」

きょとんとする一同。間《ま》を置かず足元に大きな穴が空《あ》いた。

「うわぁぁっっっっ！」

雪とともに穴の中を猛スピードで滑《すべ》り落《お》ちていくと、突然どこかに辿り着き吐き出されたお茶子たち。

「ふぎゃっ！」

金色に光り輝く巨大なダークマイトの像がお茶子の目に入ってくる。

「えっ、えっ？」

「どこだここ？」

周囲を見渡し瀬呂が言う。一変した景色は石造りの街の広場だった。

「ようこそ」

お茶子たちの前方に並んでいる避難民たちとそれに向かい合っているアンナ、そしてその隣から微笑みかけてくるデボラがいた。

　その頃、魔法使いに扮して地下ダンジョンを別室で観察していたサイモンは、砂嵐状態の何も映っていないモニターを見て退屈そうにため息を吐《つ》いた。

「誰も、ここへは到達できなかったか。わざわざ衣装まで用意したというのに……」

　期待外《きたいはず》れだと言わんばかりに頭を掻《か》いたそのとき、突然、背後の天井が爆発した。煙が薄らぐと、爆豪たちがいた。爆豪はサイモンを睨んで言う。

「テメーがラスボスか」

「ショートカット⁉　貴様、ゲームにあるまじき行為を……エンターテインメントをなんだと……！」

　せっかく用意した地下ダンジョンを無下にされ激怒するサイモンに対し、爆豪は腕に付いている籠手《こて》の安全ピンを引き抜く。途端《とたん》、巨大な炎がサイモンに向けて放たれる。黒焦《くろこ》げになったサイモンに爆豪は言い放った。

「ただの裏技だ」

　そのとき、地面に穴が空き、倒れていたサイモンは為《な》す術《すべ》なく落ちていく。

「うわあぁぁぁぁ……！」

　突然のことに呆然《ぼうぜん》としていた一同だったが、モニターに映った人物にムッと身構える。

本当のラスボス・ダークマイトだ。

『お見事！　しかし、まだゲームは終わらないぞぉ！』

ダークマイトが笑いながらそう言うと、黒焦げになった壁からスーツを着たモンスターがぞろぞろと出現してくる。

ズンズンと近づいてくるモンスターたちに囲まれながら、爆豪たちは戦闘に身構えた。

「そうかよ！」

爆豪は唸《うな》るように言いながら、手のひらで爆破《ばくは》を起こした。


要塞は地上を止まることなく進んでいく。

その要塞の内部で振動と風を感じて出久は目を覚ました。

「ん？　……ん？」

「気がつきましたか？」

ジュリオの声に出久はパッと目を開け、周囲を見渡す。バイクの荷台に括《くく》りつけられて走っていた。出久はジュリオがそうしてくれたんだと気づいて笑みを浮かべる。

「……救《たす》けてくれたんですね、あり…………ありがとう……」

ダークマイトに殴られた頬が痛み、出久は一瞬顔をしかめるがまた笑顔を浮かべる。

「えっと……僕は緑谷出久。ヒーロー名はデクです」

「ジュリオです。ジュリオ・ガンディーニ……」

「ありがとうございます、ジュリオさん……」

「善意で救《たす》けたわけではありません。戦力になりそうだと思ったからです」

素っ気なく言うジュリオに出久は笑みを深めた。

「それでも、ありがとう……」

ジュリオがわずかに出久を振り返って言う。

「……デク……変わった名ですね」

その言葉に出久はお茶子に言われたことを思い出す。

『でも《デク》って……頑張れ!!って感じで、なんか好きだ、私』

嫌だったあだ名に新しい意味ができて、ずっと力をもらっている。

出久は少し誇らしげに微笑んだ。

「気に入ってるんです……」

そんなことを話しているうちに通路を抜けると、遠くに小山のような街が見えた。

「すごい、こんな街まであるのか……」

驚く出久。ジュリオが何かに気づく。

「あれは……」

「え？」

その反応に出久も注意して見ると、街の頂上に立つ金色の巨大なダークマイトの像が目に入った。何かあるかもしれないと街へと向かい、頂上の広場へと辿り着く。

そこには大勢の人が薔薇の花びらとともに倒れていた。

「み、みんな……！」

呆然と立《た》ち尽《つ》くしていた出久だったが、そのなかにお茶子、瀬呂、耳郎《じろう》、葉隠がいることに気づき、一番近くのお茶子にあわてて駆け寄り肩を揺する。

「麗日《うららか》さん、麗日さんっ……気絶してる」

お茶子は気を失ったままだ。周囲を見渡すと飯田や轟、障子、梅雨、八百万、上鳴、峰田も倒れている。

「……一体、何が……」

衝撃的な光景に呆然とする出久に、バイクから降り、近くに来ていたジュリオが告げる。

「お嬢様の〝個性〟が適合せず、フィードバックを受けたのでしょう」

「お嬢様って……確か、アンナさん……」

出久はギンジに連れ去られていたアンナを思い出した。救《たす》けようと手を伸ばしアンナに触れた瞬間、ひどい痛みに襲われなぜか薔薇が舞っていた。

「はい、アンナ・シェルビーノ様です」

「アンナさんの〝個性〟って……」

「それは……」

ジュリオが応えようとしたそのとき、広場に叫び声が響き渡った。

「あああああ！」

声を頼りに駆けつけると、短い階段の上で倒れている尾白がいた。その前にはアンナとデボラがいて、その後ろには数人の避難民たちがアンナと同じように魂《たましい》の抜けたような顔でぼーっと立っていた。

「尾白くん！」

「お嬢様！」

二人に気づいたデボラがスッと前に出てくる。

「あら、新しい被検体《ひけんたい》かしら？」

「被検体？」

反応する出久に応えたのはジュリオだった。

「お嬢様の個性に適合する人間を増《ふ》やし、私兵にする……」

デボラが続ける。

「そう、象徴となるダークマイトの僕《しもべ》になれる……このコたちのように」

そう言ってチラリと後ろの避難民たちを見てから、広場に倒れている人々を見やった。

「適合しなかった者たちも、有意義に使ってあげる。私の個性でね」

「お嬢様に洗脳をかけたのはあなたでしたか」

ジュリオは素早く腕を変化させ、銃口をデボラに向ける。その目には凍《い》てつく怒りが浮かんでいた。しかしデボラは気にする様子もなく楽しげにアンナに近寄ると、まるで見せつけるように頬に触れたり抱きしめてみせたりしながら言った。

「洗脳じゃないわ、アンナは楽しい夢を見ているの。私の個性は普通一人にしかかけられないけど……このコの個性に適応したおかげで……複数の人間に夢を見せられるようになった……」

アンナは何の反応もしない人形のようだ。デボラは気にする様子もなく妖《あや》しく微笑んだまま出久たちに語りかける。

「だからね、あなたたちにも見せてあげる。おいでなさい、私の世界に……」

そう言ったデボラの目が、〝個性〟の洗脳《せんのう》をかけるためにカッと見開く。

——次の瞬間。

子どもの出久は実家の部屋にいた。壁にはオールマイトのポスターがビッシリと貼《は》られ、棚《たな》にはフィギュアが並び、ぬいぐるみやコップや服、本棚にある本もすべてオールマイトのものだ。等身大パネルもあり、まるで小さなオールマイト博物館だ。

「オールマイト！　オールマイト！　オールマイト！」

オールマイトで満たされた部屋。手に入れられなかったレアものなどがすべて揃《そろ》っている夢の部屋だ。

「うわ〜、オールマイトがいっぱい！」

嬉しそうに部屋を見回している出久の背後から突然声が聞こえてくる。

「そんな幸せいっぱいな緑谷少年の元に私がー」

聞き間違えるはずがない声に出久は喜びで身体を震わせ振り返る。

「来た！」

そこにいたのは大大大大ファンの大好きなヒーロー。

「オールマイトだあ！　本物だあ！」

ご本人登場に、出久は嬉しくて飛《と》び跳《は》ねる。オールマイトはそんな出久を肩に乗せて言

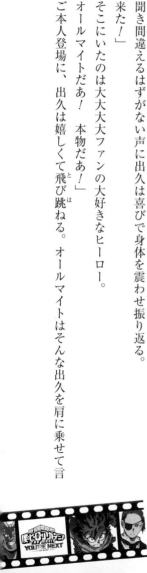

った。

「さあ行こう緑谷少年！　いやデク！　一緒に世界を救うのだ！」

「うん！」

大好きなヒーローと一緒に、自分もヒーローになって活躍する。そんな希望いっぱいの未来に出久が元気よく頷《うなず》いた瞬間、背後から別の声がした。

『違う。今、君が求めるものは、それじゃないだろう』

ハッとした出久の姿が元に戻り、振り返る。そこにはワン・フォー・オールの初代である与一《よいち》が立っていた。その途端、周囲の風景が部屋から住宅街へと変わった。

「こ、ここは……」

驚きながら辺りを見回す。

少し離れたところにセットを思わせる建物があった。建物を縦《たて》で切ったように各部屋の様子が露わになっていて、その部屋の一つ一つにA組の面々がいる。

砂浜でバカンスしている上鳴と峰田。その上の階では八百万が優雅に紅茶を嗜《たしな》んでいて、ベランダでは飯田がその場でジョギングしていた。屋上ではお茶子が雲の上で寝ている。

隣では耳郎がライブハウスさながらの部屋でノリノリでギターをかき鳴らし、その下のかわいい服に囲まれた部屋には葉隠がいて、その隣の部屋では瀬呂がテープを張り巡らした部屋の中で、某スパイダーのヒーローのポーズを取り、その下の一階の部屋では子どもの轟が縁側で笑顔でスイカを食べている。

そしてその隣の部屋では、奇抜な格好をした尾白が満足げに鏡を見ていて、その上では子どもの障子が滝のそばで穏やかに空を見上げている。その下の池の橋の上では梅雨が楽しそうに歌をうたっていた。

唖然としている出久の周《まわ》りには与一だけでなく、歴代の継承者たちがいた。七代目継承者の志《し》村《むら》奈《な》々《な》が言う。

『言うなれば、精神的幻想空間と言ったところか』

『敵《ヴィラン》の〝個性〟を受けた者たちの精神が、この空間に集まっている』

そう言ったのは六代目継承者の揺蕩井《たゆたい》煙《えん》。五代目継承者の万縄《ばんじょう》大悟《だいご》郎《ろう》が続ける。

『意識を戻しても、ここから抜け出せないさ』

『脱出する方法を探すんだ』

与一はそう言うと煙のように他の継承者たちとともに消えてしまった。

「探すって、どうやって……」

取り残された出久がふと振り返り、何かに気づく。

「あの人は……」

日本の住宅街のその先に、突如、岩肌《いわはだ》に沿《そ》った異国の街並みが続いていた。その中の大きなお屋敷のテラスにいるのは、テーブルについているアンナにお茶を運んでいるジュリオだった。二人とも今より少し幼く見える。

ジュリオが慣れた手つきでアンナのカップに紅茶を注《つ》ぐ。それを心待ちにしていたのかウキウキとした様子で見ていたアンナがジュリオに声をかける。

「ジュリオ、たまには一緒にお茶しない？」

「いえ、私はただの使用人ですので」

素っ気なく応えつつ、その声色は柔らかい。アンナはつれないジュリオに抗議するようにぷいっと頬を膨《ふく》らませて横を向く。

「相変わらずつれないのね」

そんなアンナの前にジュリオは注ぎ終えたカップを静かに置く。

アンナは横を向いたままジュリオの様子をチラッと窺《うかが》った。けれど拗《す》ねたふりをしているのがバカらしくなってふふっと花が綻《ほころ》ぶように笑う。

ジュリオもそんなアンナにつられて笑みを浮かべる。

穏やかな優しい時間。

今とはまったく違う二人の様子を少し不思議そうに見ていた出久がハッとする。

「うっ、ううっ……」

アンナが急に苦しみ出した。飲もうとしていたカップが手から落ち、割れてしまう。アンナの髪の根元が黒くなっていくのと呼応するように周囲に薔薇の花が現われた。

「お嬢様」

ジュリオが急いで苦しみに耐えようと身を縮込《ちぢこ》ませるアンナに近寄り、背後から右手をアンナの肩に置いた。

ジュリオの右手から、アンナの中へ〝個性〟が伝わっていく。それと同時にジュリオは苦しそうに顔を歪めた。

「クッ、うっ、ううっ……」

少しすると、薔薇の出現が止まり、それと同時に黒髪の浸食《しんしょく》も止まり金髪へと戻っていく。

「はあ……はあ……」

ジュリオは力を使い果たしたかのように、イスに縋《すが》りながら膝《ひざ》をつく。その様子に気づいたアンナが悲しそうに目を伏《ふ》せた。

「ジュリオ……ごめんなさい、私の〝個性〟のせいで、あなたに迷惑をかけて……屋敷に縛《しば》りつけて……」

自分を責《せ》めるアンナにジュリオは何とか息を整え、安心させようと笑みを浮かべて言った。

「大丈夫です。これが私の仕事ですから……」

そう言ってジュリオは立ち上がり、側に控える。その間もアンナは何かに必死に耐えるように胸に手を置いたまま言った。

「あなたといるときだけ私は〝無個性〟になれる。〝個性〟に苦しまずにすむ……でも、あなたがいなくなったら私は……」

「側におります」

優しい声で断言したジュリオに、アンナはわずかに微笑んで顔を上げた。

「ジュリオ……」

ジュリオはそんなアンナに笑みを浮かべて言った。

「それが、私の仕事ですので……」

そして、これも自分の仕事とばかりに割れた茶碗を片づけ、濡れたテーブルを拭く。アンナがそんなジュリオを見て、少し寂《さび》しそうに目を伏せた。

（なるほど、そういうこと……）

そんな二人の様子を〝個性〟で観察していたデボラが、現実空間でニヤリと笑う。

(あなたの目的はわかったわ。なら、楽しい時間はおしまい)

そして後ろにいたアンナの〝個性〟が適合した避難民の男に合図のように手をあげる。

洗脳された状態の男はジュリオに向かって歩きながら手を伸ばす。その手は触手に変化した。

「や、やめてください……お嬢様……」

幻想空間のなかで、ジュリオはアンナに首を絞《し》められていた。アンナは見たこともないほど凶悪な顔で容赦《ようしゃ》なく力を込めてくる。

「……うっ、ううっ……!」

ジュリオは殺されようとしているにもかかわらず、反撃する気は微塵も思い浮かばなかった。

アンナは守るべき主《あるじ》。自分の存在意義。

大切な、大切なお嬢様。

そのとき、声が聞こえた。

「ジュリオさん!」

出久が屋敷へと駆けていくが、幻想空間のまやかしなのか一向に近づけない。それでも駆けながら精一杯叫んだ。

「これは幻想です。現実じゃない。意識をしっかりと持って！」

「幻想……」

その声を聞いたジュリオは自分の右手に気づく。失ったはずの右手があった。

「なぜ、腕が……」

ジュリオはハッと我に返った。

（そうか、これは……！　現実じゃない！）


現実のジュリオはデボラに洗脳された触手の男に首を絞められていた。

「現実は……！」

ジュリオの眼帯が上がり、義眼《ぎがん》だけが現実の世界を映す。

幻想空間のなかでジュリオは何もない場所に向かって右手を上げた。首をしめられながらも狙いを定《さだ》める。

「そこだっ！」

現実では義手が銃に変化し発砲された。

「きゃあああっっ！」

肩に被弾したデボラが悲鳴を上げながら倒れたその瞬間、幻想空間が消えた。

「う、うわっ……！」

洗脳がとけた触手の男があわててジュリオの首から手を離す。

「そんな……私の〝個性〟から……逃《のが》れる、なんて……」

デボラは痛みに耐えつつ何とか顔を上げ、咳《せ》き込《こ》むジュリオを驚愕《きょうがく》の表情でみつめる。

その目の前をアンナが通り過ぎていく。

広場では夢から覚め始めた人たちが戸惑《とまど》いながら周囲を見回していた。そのなかでアンナはたった一人をみつめていた。

「ジュリオ……」

「お嬢様……」

アンナの目が涙で潤《うる》む。ジュリオに会えた喜びのまま階段を駆け下りてゆく。

「ジュリオ……！」

けれどその足が止まる。ジュリオがアンナに銃口を向けていた。

アンナを見る目に感情はなく、ただただ冷たく凍《い》てついている。

「ジュリオさん⁉」

驚く出久。アンナは銃口を向けられた意味を悟《さと》った。

遠い昔のように思える、静かに絶望していった日の記憶が蘇《よみがえ》る。

『お願い、ジュリオ……。もしものときは……私が、私でいられるうちに……殺して』

なんて酷《むご》い頼み事だと知りながら、それでも託した。

自分を自分でいさせてくれる、唯一《ゆいいつ》の人に。

その時が来たのだと、アンナは覚悟してそっと目を閉じた。

ジュリオの凍てついた目が苦しそうに細められる。けれど次の瞬間、意を決したように指先に力を込めた。

放たれる銃弾。

アンナは目を閉じたまま発砲音に身体をビクッと震わせる。しかし、衝撃も痛みもやってこない。恐る恐る目を開けたアンナが見たのは、ジュリオの銃の腕を空に向けている出久の姿だった。

目覚めた周囲の人々が何事かと出久たちを見ている。

狙いを外されたジュリオはひどくゆっくりと出久を振り向いた。

「なぜ……」

感情なく零《こぼ》れた言葉。けれど、次第にジュリオの顔が怒りに歪んだ。

「なぜ……！」

感情をむき出しにするジュリオに出久も困惑したまま口を開いた。

「……黙ってみてられるわけっ…ないじゃないか……！」

「きゃあっ！」

アンナの悲鳴にジュリオと出久がハッと振り向く。アンナとデボラが空に浮かび上がっていた。空が描かれた壁に扉が現われていて、そこからカミルが二人を引っ張るように手で招いている。

ジュリオが出久を押しのけ駆け出した。その拍子《ひょうし》に懐からアンナの写真が落ちる。階段を駆け上がり、アンナに向けて銃を連射したが閉じる扉に阻《はば》まれた。

消えた扉に向かい足掻《あが》くように弾丸を撃ち込んでいたジュリオの左手が、強く握《にぎ》られる。

「ジュリオさ――」

「なぜだ⁉」

心配そうな出久の声を遮るようにジュリオは叫んで、階段を駆け下りてくる。怒りのまま出久の胸ぐらを掴んだ。

「なぜ邪魔をした⁉」

「ん、んん……」

お茶子たちも目を覚まし、ジュリオの声に何事かと顔を向ける。

「ヒーロー気取りの偽善者がっ！　なにもわかってねーくせして、勝手に首突っ込みやがって！　最後の……最後のチャンスかもしれなかったんだぞっ！」

冷徹の仮面がとれたジュリオは感情のまま激昂《げっこう》する。必死なその声、怒りに震える腕を受け止めながら出久はまっすぐジュリオをみつめて言った。

「撃たせたくなかった……だってあなたが辛《つら》そうな顔をしてたから……」

ジュリオがハッとする。出久は続けた。

「本当は、アンナさんを救《たす》けたいと思っていると感じたから……」

ジュリオは顔を歪めたまま、堪《たま》らず出久を突き放した。

「救《たす》けてーよ！　ああ、救《たす》けたいに決まってる！　……でも、もうダメだ……。殺すしかねーんだよ……」

力なく項垂《うなだ》れるジュリオの横顔に浮かぶのは、怒りと悲しみのような絶望だった。

「どうして殺さなくちゃいけないんですか？」

ジュリオの様子に息を飲みながら、出久が聞く。

「それが、あのコの……願いだからだ……」

ジュリオが辛そうに呟き、続けた。

「彼女の〝個性〟は常時発動型の《個性因子《こせいいんし》の過剰変容《かじょうへんよう》》……。自分が触れた相手に変容性個性因子を送り込み、対象者の〝個性〟を一定期間強化、変容させる」

アンナをさらったギンジが突然パワーアップしたのも、ダークマイトがここまで大きな要塞を作り上げられるのも、すべてアンナの〝個性〟だった。

「ただし、彼女の個性因子と適合しなければ、苦しみ悶《もだ》えることになる」

出久はアンナに触れた瞬間、強烈な痛みに襲われたことを思い出した。

ジュリオは続ける。

「そんな〝個性〟だ。人と触れ合うことを恐れてだろう……。初めて会ったとき、彼女は……自宅の部屋でひっそりと、息を殺すように暮らしていた……」

ジュリオは仕立ててもらった執事《しつじ》服《ふく》に身を包み、初めてアンナに出会ったときのことを思い出す。

広いお屋敷の一室で、ベットに腰掛け窓の外の曇天《どんてん》の空を見上げている小さな背中。

その日の食事にも困るようなジュリオには、信じられないほど恵まれた環境にいるにもかかわらず、小さな背中がとても寂しそうに見えた。

「一切《いっさい》の感情もなく、笑いもせず、泣きもせず……。だが、個性因子を一定量放出しない

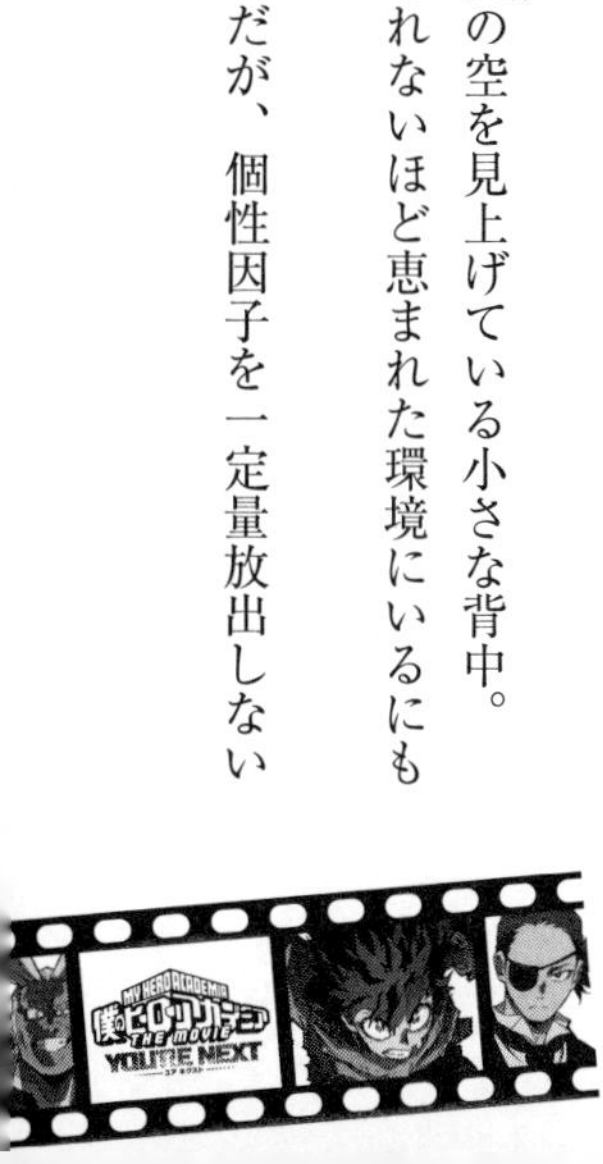

と、彼女の体内で因子が変容し、苦しい発作を起こす」

誰かに触れるだけでその人の〝個性〟を変容させてしまう。〝個性〟が適合しなかった人はただ苦しませることになってしまう。誰かに触れなければ、自分が苦しむ。

そんな境遇に生まれた女の子。

発作に苦しみだしたアンナを見て、ジュリオはアンナの父親であるシェルビーノを窺う。頷いたシェルビーノの許可を得て、ジュリオは足早にアンナに近づいた。

「そんな彼女を救うために俺は雇《やと》われた。俺の〝個性〟は《因子相殺《いんしそうさい》》……右手で触れた相手の個性因子を、自分の因子で消滅させる……」

自分の〝個性〟に苦しむ娘のためにシェルビーノは手を尽くし、奇特な〝個性〟を持つジュリオをみつけた。事情を聞き、ジュリオは生活の保障とともに執事としてアンナに仕《つか》えることを承諾《しょうだく》した。

ジュリオは苦しむアンナの向かいに跪《ひざまず》き、右手で触れようとする。だがアンナは苦しみながらも身をよじって触れられるのを避けた。

怖《こわ》がっているのかと思い、安心させるように笑みを浮かべる。痛みに強《こわ》ばる細い肩に触れ、自分の〝個性〟を発動させた。触れながら、この女の子が自分の手を避けた他の理由が思い浮かんだ。

この子は、誰かを苦しませたくないのかもしれない。自分が苦しい思いをしても。

ジュリオは身体が辛くなるのを感じた。アンナの個性因子を消滅させるのはとてもエネルギーを使うようだった。

ジュリオの辛さが増すたびに、アンナの険《けわ》しかった表情が緩んでいく。消えた痛みにきょとんとし、その原因だろうジュリオを不思議そうにみつめた。ジュリオは苦しそうに息をしながら安心してほしいと微笑んだ。

身体は辛かったけれど、痛みから解放されたアンナの顔を見れば、そんなことはどうでもいいような気がしていた。

初めて誰かの役に立てた喜びがジュリオを満たしていた。

それからアンナがジュリオに心を開くまで時間はかからなかった。

「ジュリオー、早く早く！」

元々の明るい性格が顔を出し、活発になった。くるくると表情を変え、無《む》邪気《じゃき》に笑う。

お茶の時間が大好きで、ジュリオが淹れた紅茶を嬉しそうに愉《たの》しんだ。もっとアンナに喜んでもらうべく、ジュリオは紅茶の淹れ方を勉強した。

ふわりと香る紅茶は、幸せな時間の象徴だった。

「娘が人並みの生活を送れるようになったのは……ジュリオ、君の〝個性〟があったれば

こそ……感謝してもしきれない……」

書斎でシャルビーノがジュリオに感慨深《かんがいぶか》そうに言う。

「孤児であり、こんな役立たずな〝個性〟しか持たない私を拾ってくれたご恩に報《むく》いているだけです」

ジュリオは自分の右手を見てから、その手を胸に当て頭を下げた。

個性因子を消滅させるだけの〝個性〟。持っていても無駄《むだ》な〝個性〟だと思っていたが、今ではこの〝個性〟でよかったと心の底から思っていた。

「だが、娘が君の人生を縛っていることに変わりはない」

申《もう》し訳《わけ》なさそうな顔を浮かべるシェルビーノに、ジュリオは続ける。

「前の生活と比《くら》べれば格段の待遇です。食うに困ることもなければ、給金も出ている……。文句を言ったら罰《ばち》が当たってしまいます」

けれどシェルビーノはその顔の苦悩を深くした。

「娘の〝個性〟は年々、強くなっている。君でも抑《おさ》えることができなくなるかもしれん」

この先、アンナの〝個性〟がどこまで強くなってしまうのか誰にもわからなかった。

ジュリオは真剣な顔で断言した。

「抑えます。私の命に代えても……」

自分を拾ってくれたシェルビーノの恩に報いるためにも、そして何より自分に存在意義を与えてくれたアンナにジュリオは心の中で永遠の忠誠を誓《ちか》っていた。

シェルビーノの不安通り、アンナの〝個性〟は強くなっていくばかりだった。それに伴《ともな》い、発作の頻度《ひんど》も増していき、アンナは暗い顔をすることが多くなっていった。

そんなことが続いたある日の夜。

いつものようにジュリオは発作が起きたアンナの個性因子を消滅させるため、ベッドに横たわる彼女の手を右手で握っていた。苦しげな呼吸がゆっくりと戻ってゆき、アンナがそっと口を開いた。

「……ねぇ、ジュリオ」

ジュリオは身体の痛みに耐えながら、優しい笑みを浮かべてアンナの言葉を待つ。

「もし私の〝個性〟が抑えきれなくなって、暴走したら…そのときは、私を殺して……」

アンナは涙を浮かべてジュリオをみつめた。

「お嬢様……」

ジュリオはハッとしてアンナをみつめかえした。

「最近、発作を起こすたびに意識が朦朧《もうろう》とするの。きっと〝個性〟が暴走したら、私は私でなくなってしまう」

震える切羽詰《せっぱつ》まった声。自分の〝個性〟が強くなっていくのを一番感じているのは当然本人であるアンナだ。発作の激しい痛みが削っていくのは希望。そして心を侵食《しんしょく》していく絶望はあっというまに増殖《ぞうしょく》していく。

「…………」

ジュリオは何も言えなかった。アンナの痛みを一時的に抑えられることはできても、それは所詮《しょせん》、対症療法でしかない。不安を消すことはできない。

「……お願いジュリオ……もしものときは……私が、私でいられるうちに……殺して」

アンナの目から悲鳴のように涙がこぼれる。

縋《すが》るようなその声に、ジュリオは反対する言葉が紡《つむ》げなかった。

それは、アンナにとっての一欠片《ひとかけら》の希望だとわかってしまったから。

それからしばらくしたある日。突然、日常が奪われた。

「だが、どこからか彼女の〝個性〟の秘密を知ったゴリーニ・ファミリーが、屋敷を襲撃」

……旦那様は殺され――」

ゴリーニ・ファミリーの襲撃は容赦ないものだった。たくさんの使用人たちが抵抗する間もなく銃弾に倒れ、美しい屋敷に火が放たれた。

自分の目的のために、人を人とも思わない悪魔の所業《しょぎょう》。

「ジュリオ、ジュリオォ……！」

ゴリーニ・ファミリーに連れ去られてゆくアンナが必死でジュリオの名を叫ぶ。けれどジュリオは立ち上がることすらできなかった。片目を潰《つぶ》され、左足を失い、そして右手を失っていた。

「お嬢様…お嬢、さま……」

地獄のなかでジュリオは名を叫ぶことしかできなかった。

「彼女は連れ去られた……。そして、俺は今、ここにいる」

ジュリオの話を、我に返った広場の人々も聞いていた。うなだれるジュリオに出久が声をかける。

「ジュリオさんならアンナさんを救えるのに……なぜ……」

「できねぇんだ……っ」

振り返ったジュリオが右手の義手をみせつける。出久はハッとした。

ジュリオは義手に視線を移し、力なく階段に座り込む。

「もう、〝個性〟は、使えねぇ……救《たす》けたくても、できねぇんだよ……」

「そんな……」

呆然とする出久。ジュリオの足元には、さっき落としたアンナの写真があった。

無邪気に笑う写真のアンナをジュリオは苦しそうにみつめた。

「彼女の〝個性〟が暴走したら、対象者の因子は無限に変容し続け、誰にも止められなくなる……だから、俺は……その前に……」

その先の言葉を思い、出久は悲しそうに顔を歪めた。

ジュリオがその言葉をどんな気持ちで考えているのか。それを思うと胸が痛んだ。

だからこそ、出久は意を決して言った。

「さっき、敵《ヴィラン》の〝個性〟を受けた幻影の中で見ました。ジュリオさんとアンナさんが微笑み合っているのを……。あんな表情してたあなたが、アンナさんを殺せるとはとても思えません…」

「笑い方なんて忘れたよ、あの日からな……」

ポツリと呟くジュリオ。心を殺さなければ、息もできないときがある。

右手を失ったジュリオは、絶望のなかでただアンナのことを想い、ここまで必死に生きてきたのだ。

出久はその絶望からジュリオを救《たす》けたいと思った。

「だったら、僕が笑わせます。アンナさんを救《たす》けて、あなたを笑わせます」

「どうやってだ⁉　救う方法なんかねぇ！」

ジュリオは駆け寄ってきた出久の襟首《えりくび》をガッと摑んで食ってかかった。

「あのコが暴走したらてめぇらだって巻き込まれるんだ！　殺すしかねぇんだよ！」

出久を突き放し、ジュリオは力なく肩を落としこぼした。

「……それを彼女も望んでる……」

ジュリオは生きてほしかった。救う術《すべ》を何度も考えたけれど、右手を失った今では、辿り着く結論は同じだった。

自分の〝個性〟で大勢の人たちを傷つけてしまったとき、アンナは死ぬより苦しむことになる。ジュリオはもうこれ以上、アンナに苦しんでほしくなかった。

そのとき、それまで話を聞いていたお茶子がそっとアンナの写真を拾って言った。

「アンナさんを救《たす》けよう」

お茶子が差し出したアンナの写真をジュリオは受け取れなかった。俯《うつむ》いたままのジュリオに、近づいてきた飯田がヘルメットを脱ぎ声をかける。

「すべての事情を知ったわけではありませんが……それでも俺は、アンナさんという女性を救《たす》けるべきだと思います」

階段を上がったところで倒れている避難民を起こす手伝いをしながら耳郎も言う。

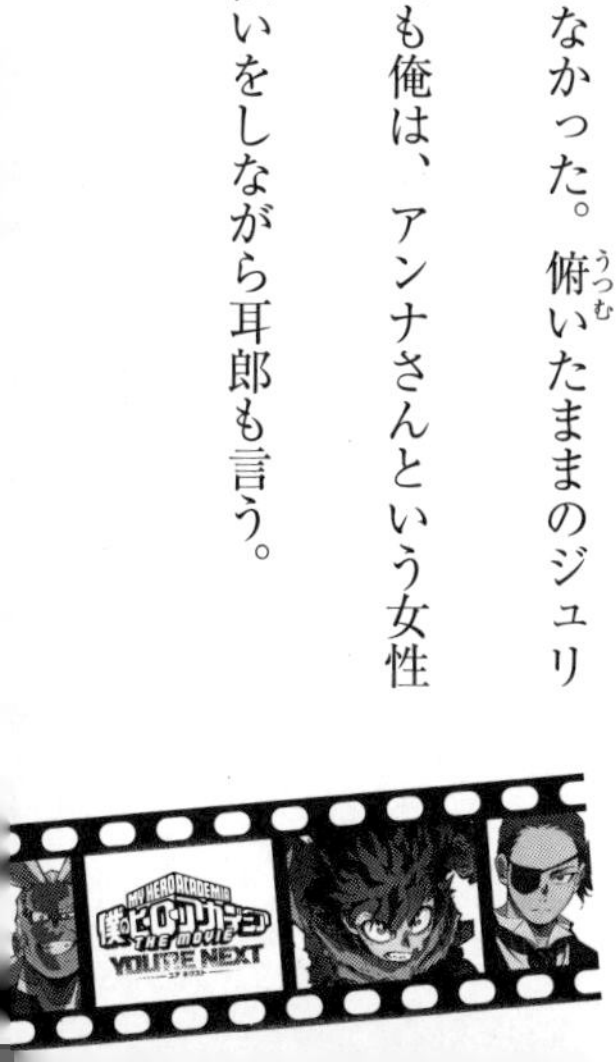

MY HERO ACADEMIA

YOU'RE NEXT

「そのコ、まだ暴走してないんでしょ？」

「〝個性〟を抑える方法ならいくつかありますわ」

広場で八百万は〝個性〟で救急箱を創造しながらジュリオを振り返る。

「一時的だけど〝個性〟を消す方法もあるわ」

「解決法があるかもしんねーし」

その近くで梅雨と瀬呂が避難民たちのケガの手当や介護をしながら言う。

ジュリオはお茶子たちからの言葉に、わずかに顔を上げた。

峰田と上鳴と葉隠も声をあげる。

「ますはあのコを救《たす》けよーぜ」

「それからのことはそれからのこと」

「うんうん」

少し離れて轟と障子も声をかける。

「可能性が少しでもあるなら……」

「諦《あきら》めるにはまだ早い」

倒れていた尾白も苦しそうに起き上がって微笑んで言った。

「俺もそう思う」

困惑するように眉《まゆ》を寄せるジュリオに、お茶子が改めてアンナの写真を差し出した。

ジュリオは迷いながら、写真を受け取る。出久が力づけるように言った。

「みんなと一緒に、アンナさんを救《たす》けましょう」

「…………」

ジュリオはアンナの写真をみつめる。

殺すことが救いじゃないことくらいわかっている。

そうすることしかできない自分に絶望していた。

会ったばかりの出久たちの言葉に、なぜ心が揺れるのかわかった。

右手を失ったあの日からずっと、そう言ってくれる誰かを待っていた。

またアンナが無邪気に笑える日が来るのなら。

ジュリオがわずかな希望に顔を上げたその直後、突然、建物の内部で爆発が起こった。

敵の襲撃かとハッと振り向く出久たち。

けれど煙のなかから現われたのは、強力な味方だった。

「オールマイトのパチモン倒すってんなら、手ェ貸してやる」

ダークマイトから差し向けられたモンスターをすべて倒してきた爆豪、切島、芦戸、常闇、砂藤、口田だった。

Part《パート》4 反撃開始

ダークマイトはワイングラスを片手に玉座《ぎょくざ》に座り、向かいに立つ、肩に包帯を巻いたデボラに向かって口を開いた。

「パウロとサイモンはゴリーニの名に傷をつけた……。その意味がわかっているね、デボラ……」

「……も、もちろんです、ダークマイト……」

怯《おび》えながらそう応《こた》えるデボラの近くにはブルーノとジル、ジルの肩に乗ったウーゴがいて、アンナはダークマイトの手前のカウチに座りその近くにカミルが控えている。

自分の名に傷をつけたから始末した。もう次はないと暗にデボラを脅《おど》したダークマイトはワインを口にする。

目を閉じて、口内に広がる芳醇《ほうじゅん》な渋《しぶ》みを味わいながら、ダークマイトは電話で話したときのオールマイトのことを思い返した。

『私が次を託《たく》した者たちは……ヒーローは、お前のすぐ側《そば》にいるぞ！』

ダークマイトはゆっくりと目を開け、余韻《よいん》を味わうように言った。

「一線を退《しりぞ》いてなおあの気迫……素晴らしい……。だが、今の貴方《あなた》は理想を求める力を失った、ただの人間……」

グラスを回しながら、ダークマイトはわずかな苛立《いらだ》ちがあるのを感じた。

オールマイトが次を託した者たちは案外しぶといようだ。だが、そうでなくては自分の配下の者とするにはふさわしくないと思い直す。

けれど、その者たちはオールマイトを心から敬《うやま》っている。あれほど偉大な先代を敬うのは当然のこと。しかし、自分が現われた今、それは間違いなのだ。

力を持つ者が、すべてを手に入れるのは極《ごく》、当然のこと。

ダークマイトは凶悪な笑《え》みを浮かべた。

「若人《わこうど》よ、旧態に縋《すが》ることなかれ。何に仕《つか》えるべきか、次は誰なのか……。今日ここで、先代の死とともに理解するといい！」

「要塞《ようさい》が針路を変更しました」

夜明け前の雄英《ゆうえい》本部にセメントスの声が響《ひび》く。ホークスたちと作戦などを話し合っていたオールマイトがバッと振り返りモニターを見る。

「どこへ向かっている⁉」

モニターには巨大要塞の針路を示す地図が映し出されている。セメントスが端末を操作しながら言った。

「このままの針路で進むと……我が校に到達します！」

巨大要塞の進行方向の先にあるのは雄英高校だった。

「狙《ねら》いは雄英……」

「我々ヒーローを布くずにする気か」

真剣な眼差《まなざ》しでホークスとベストジーニストもモニターをみつめる。

そのとき、後ろからトコトコとやってくる足音があった。

「雄英の防衛システムは対死柄木《しがらき》戦の切り札、今、失うわけにはいかないよ」

オールマイトたちの後ろでピシッと手をあげた根津《ねづ》校長。そして、後ろからも太い声がした。

「わかっています」

オールマイトたちが振り向いた先に立っていたのはエンデヴァー、エッジショット、ミルコ、リューキュウたち。エンデヴァーは力強く言った。

「ヒーローを招集し、要塞に対して防衛線を敷《し》く！」

要塞内の街《まち》の広場では、飯田《いいだ》たちが負傷した避難民たちを介護していた。

ジュリオも義手《ぎしゅ》を自分で整備し、問題がないか確認している。

「みなさん、安心してください！　脱出方法は我々が必ず見つけます！」

飯田が階段の上から声をかけたそのとき、建物の扉がバーンと開いた。

「取り込まれた避難所から食料かき集めてきた！」

先頭の砂藤《さとう》が大きな段ボールを掲《かか》げながら声をあげる。そのあとから常闇《とこやみ》、切島《きりしま》、瀬呂《せろ》、出久《いずく》が続いて、黒影《ダークシャドウ》も段ボールを持ちながら「キタゼ！」と続く。

そして疲弊《ひへい》している避難民に早く配るべく段ボールを開けた。

「ほい」

砂藤が段ボールからペットボトルを取り出し、それを受け取った芦戸《あしど》が並んでいる人たちに手渡す。

「いっぱいあるから慌《あわ》てないで」

隣で瀬呂と出久も連携して並んでいる人たちに食料を手渡し、動くのが辛《つら》い人たちにはお茶子《ちゃこ》や口田《こうだ》たちが水や食料を手渡していく。

赤ちゃんとともに要塞に取り込まれてしまった母親が、手渡された災害用のミルクを赤ちゃんに飲ませる。ちゅぱちゅぱと飲む様子《ようす》をお茶子が微笑《ほほえ》ましく見ていたそのとき、笑

い声が響いた。

何事かとざわつく避難民たちの頭上にダークマイトの映像が映し出されている。

『ＦＵＦＵＦＵ……救助活動に精が出てるね！』

「あいつは！」

見上げた出久がハッとする。

ダークマイトは上機嫌《じょうきげん》で大きく身振り手振りをしながら言った。

『一つ問おう。新時代を作るには、何が必要だと思うかね？　そう、破壊だ。過去の栄光、しがらみ、旧態依然たる姿勢……。それらをすべて駆逐《くちく》し、新《あら》たなる秩序《ちつじょ》を構築するのだ。もちろん、その中には、オールマイトの母校である雄英高校も入っている』

「なんだって⁉」

勝手な言い分を苦々《にがにが》しく聞いていた出久たちが思わず声をあげた。

ダークマイトの傍《かたわ》らには、洗脳状態のアンナが表情なく座っている。

『まさにスクラップ・アンド・ビルド！　負の遺産を一掃《いっそう》し新たな伝説が始まる……。この俺の伝説がな、ＦＵＦＵＦＵ……』

「ンなことさせっか。委員長ズ！」

唐突《とうとつ》に消えた映像に、声を上げたのは爆豪《ばくごう》だった。

「要救助者たちを連れて脱出経路を探せ」

「わかった」

「わかりましたわ」

爆豪の案に、飯田と八百万《やおよろず》が同時に応える。爆豪は続けざま芦戸たちを振り返る。

「芦戸、砂藤、溶解液とバカ力は脱出に使える。委員長につけ。切島、上鳴《かみなり》、障子《しょうじ》、妨害がきたら排除だ。轟《とどろき》、常闇、デクは俺についてこい！」

粗暴に見えて冷静な爆豪の案。最大限に避難民たちの安全を優先し、戦いに少数精鋭で挑《いど》む。的確な指示に反対する者はいなかった。

「パチモン野郎を……ブッ潰《つぶ》す！」

手のひらからの爆破《ばくは》で飛び上がる爆豪に続き、出久も浮遊《ふゆう》の〝個性〟で後を追う。

「行こう」

轟は氷結《ひょうけつ》で、常闇は黒影《ダークシャドウ》を纏《まと》い二人に続く。

「雄英を守り」

「この要塞を止める」

いよいよ反撃を開始するときがきた。

ジュリオは乱れた髪を手でまとめ、きっちりと結び直し顔をあげた。

その視線の先は出久たちに向けられている。


朝日を浴びて白く輝く要塞はますます巨大になっていた。未《いま》だ放出され続けている光が地上のものを呑《の》み込んで進んでいくその姿は悪い夢さながらだった。

しかしその前方にある電波塔の上部に、立ち向かうように並んでいる者たちがいた。

ダークマイトがその姿をモニターで見ながら言う。

「旧態にしがみつく者どもよ。新たな象徴を前に、己《おのれ》の脆弱《ぜいじゃく》さを思い知るがいい」

デボラ、ブルーノ、ウーゴ、ジルはモニターを見上げている。アンナは気を失っているのか力なくカウチに横たわっていた。


電波塔の後方からヘリがやってくる。扉を開けている後部座席から顔をのぞかせているのはオールマイトだ。

「……頼むぞ……」

電波塔で迎え撃とうと待機しているヒーローたちに向かいオールマイトが呟《つぶや》く。

電波塔のヒーローたちは向かってくる巨大要塞を見据《みす》えていた。

「あれがダークマイトの要塞……」

そう言うベストジーニストの隣で呆《あき》れ顔のリューキュウが眉《まゆ》を寄せる。

「実際に見ると馬鹿デカ……」

「巨大化しても止めるの無理すぎ」

リューキュウの隣のマウントレディが嫌《いや》そうに顔をしかめる。その隣のエンデヴァーが不安を押しのける勢いでズイッと前に出て言った。

「うろたえるな、俺が道を作る!」

そして電波塔から飛び立つと、巨大要塞の前へと向かう。間髪入《かんはつい》れず全身から炎をふきださせた。

「プロミネンス!!　バーン!」

炎が一直線に要塞を直撃する。だが要塞はビクともしない。それを目視したエンデヴァーはさらに火力を上げた。

「もっとだ、もっと燃えあがれぇえええ!!」

太く激しい炎が要塞の先端を破壊した。

「おお、やったぞ!」

「おお！」

電波塔の下で待機していたプロヒーローたちが歓声をあげる。だがそのうちの一人が「あ、見ろ！」と要塞を指差した。

破壊したはずの要塞の先端があっというまに元に戻っていく。

「再生しただと……？」

驚くエンデヴァー。オールマイトはそれをヘリから確認した。

「やはり、一筋縄《ひとすじなわ》ではいかんか、ホークス君」

そう言って下を見ながら無線で呼びかける。

ヘリの下で滞空しながら双眼鏡で迫《せま》る要塞を見ていたホークスが言った。

「わかってますオールマイトさん、とっておきを派遣《はけん》しておきましたよ」


「慌てないで、落ち着いて行動してください！」

八百万が走ってくる避難民たちに声をかける。

広場から街の外へ誘導することにしたのだ。梅雨《つゆ》も壁に張りついて混乱がないか見守り、口田は子どもを抱《かか》えて一緒《いっしょ》に走る。

お茶子や飯田たちも誘導しているその後ろで、地面にイヤホンジャックを刺して音を探っていた耳郎《じろう》が振り向いて言った。

「委員長、さっきかすかに破壊音が聴こえた。多分、外側からの攻撃だと思う」

「きっとプロヒーローだ」

お茶子が朗報《ろうほう》にパァッと顔を輝かせる。飯田が続けた。

「ああ……耳郎くん、破壊音がした方向に誘導を頼む」

「それには……及《およ》ばないね！」

そう言いながら地面からニュウッと顔を出したのは通形《とおがた》ミリオだった。

「通形先輩！」

「ルミリオン！」

地面から飛び出してきたミリオに飯田と芦戸が近づいてくる。走っていた避難民たちも何事かと足を止めた。頼もしい先輩ヒーローはいつもの明るい調子で言う。

「遅くなってごめんね。パトロールしてた場所が遠いのなんのってさー！……と、まず敵《ヴィラン》より人命優先、僕についてきて！」

駆け出すミリオに飯田たちは「はいっ！」と返事し、後ろに声をかける。

「みんな、こっちだ！」

「こっちです！　慌てないで」

MY HERO ACADEMIA

YOU'RE NEXT

「こっちです！　足元気をつけて」

芦戸とお茶子も避難民たちをミリオの走って行く方向に誘導を始めた。

外側でも要塞に対して行動を開始した。飯田は走り出す避難民たちを見守りながら、少しだけ安堵《あんど》する。それぞれが、それぞれの場所でやるべきことをやらねばならない。

飯田はふと空を見上げる。

（無理はするなよ、緑谷《みどりや》くん、爆豪くん……轟くん、常闇くん……！）

友を案じながら、飯田は再び誘導に専念した。


ダークマイトを止めるため移動していた四人は渓谷《けいこく》にかかる橋にいた。

「いつの間にこんな橋が……」

轟が氷結で滑《すべ》るように移動しながら疑問を口にする。橋の上を飛んでいる常闇が橋の向こう側を見据えて言った。

「入り口らしきものも見える」

明らかに新しく出現したであろう橋は、いかにも罠《わな》のようだ。

「追って来やがれってか？　相変わらずバカにしてやがる」

先頭を行く爆豪がおもしろくなさそうに吐き出す。その少し後ろを飛んでいた出久の耳

に近づいてくるエンジン音が聞こえた。

「ジュリオさん⁉」

振り返り驚く出久。バイクでやってくるのはきっちり執事服《しつじふく》に身を包んだジュリオだった。破れた箇所《かしょ》は広場にいたときに葉隠《はがくれ》が縫《ぬ》って直していた。

「下がれ、イケモブ！」

振り向いて吐き捨てる爆豪にジュリオはきっぱりと言った。

「お断《ことわ》りします」

「んだと！」

「お嬢様の〝個性〟を一番熟知しているのはこの私です。それに……」

爆豪の怒気《どき》に怯《ひる》むことなく続けたジュリオは、チラッと上空の出久に視線を移した。

不思議そうに見返す出久を真顔《まがお》で見ながらジュリオは言った。

「私を笑わせるのなら、近くにいないと見られませんよ」

出久はジュリオのその言葉にゆっくりと笑みを浮かべ、決意を新たにまっすぐ前を見た。

五人はやがてトンネルに突入していった。

ダークマイトはその様子をモニターで見ていた。

「いいねいいね。この状況で逃げずに立ち向かってくる。次代を築《きず》く若人たちよ、来たれ！　我が元へ」

ワインを片手に陽気に言っていたダークマイトの顔が、ふと真顔になる。そしてブルーノ、デボラ、ウーゴとジルに合図のように視線を送る。その目に陽気さは微塵《みじん》もない。

四人は承知とばかりに頷《うなず》くと、玉座の間《ま》をあとにした。ダークマイトが低く呟く。

「さぁ、派手に出迎えようじゃないか」

トンネルを走ってきた爆豪たちは突然、円形の空間に出た。闘技場のようで、周囲の観客席が段々になっている。ジュリオがバイクを横滑りで止めたすぐあと、ハッとした。

段々の壁や、地面からわらわらとスーツを着た怪物が出現してきた。その数はあっというまに数百体に増《ふ》えていく。

「また、こいつらか！」

爆豪がさっそく爆破《ばくは》をお見舞いする。轟は氷結で怪物を閉じ込め、出久は肉弾戦と黒鞭《クロムチ》でなぎ払う。

「ダークシャドウ！」

常闇は黒影《ダークシャドウ》の名を叫ぶ。地下のほの暗さのなかで、巨大化した黒影《ダークシャドウ》は咆哮《ほうこう》しながら観

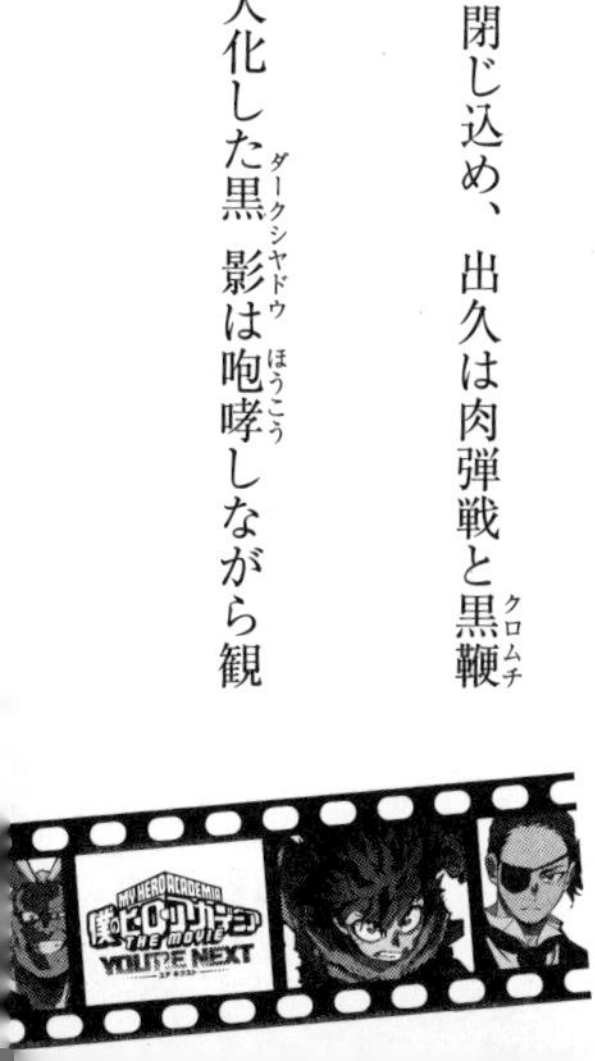

客席を怪物ごと破壊した。常闇はみんなを振り返って言った。

「ここは俺が引きつける。この暗さなら俺とダークシャドウで十分だ。行け！」

「中二か！」

カッコいいセリフに爆豪はそう突っ込みながら、やってきたジュリオのバイクの後ろに手を突きジャンプしながら置き土産とばかりに怪物たちを爆破《ばくは》の炎で焼《や》き尽《つ》くす。その隙《すき》にジュリオが先へと続く階段に向け発進した。轟も氷結であとに続く。出久は常闇を振り返った。

「常闇君、気をつけて！」

「行け、緑谷ッ！」

「……うん！」

サムズアップした常闇に、出久は心の中で中二の要素を認めながら真剣な顔で頷き駆け出す。中二の要素をまとった常闇ほど頼もしいものはない。

「うおおおおおおおお」

みんなが行くのを見届けた常闇は雄叫《おたけ》びをあげながら、黒影《ダークシャドウ》を心のままに解放させた。

猛々《たけだけ》しい黒き影が、暗がりのなかで殺戮《さつりく》の王になる。けれど、怪物たちは湯水のごとく次々と湧《わ》き上《あ》がってきた。

その頃、飯田たちは避難民とともにミリオの誘導で街の外へ出たところだった。

「みんな、こっちに下に行ける階段が」

ミリオがそう言ったとき、避難民の一人が草原の方を見て「うわぁぁっっっ！　ば、化け物っ！」と指さし叫ぶ。

広がる草原の中から次々とスーツを着た怪物たちが湧いて出てきた。ドスドスとまっすぐこちらに向かって歩いてくる。

ミリオはどうしたものかと真剣な様子で怪物たちを見やった。避難民たちを守りながら対処するには、あまりに数が多すぎる。

そんなミリオの隣に飯田がスッとやってきた。

「通形先輩、誘導をお願いします」

「え、でも……」

戸惑《とまど》うミリオの反対側に八百万もやってくる。

「誘導は通形先輩にしかできないことですわ」

「君たち……」

ミリオは気配を感じて後ろを振り返る。そこには出久、爆豪、轟、常闇、そして青山《あおやま》を

除いたA組全員が揃《そろ》っていた。

全員、次に自分が成《な》すべき事への覚悟が浮かんでいる。飯田が怪物たちを見据えながら声をかけた。

「蛙吹《あすい》くん、口田くん、瀬呂くん、葉隠くんは引き続き通形先輩のもとで避難民の誘導を。それ以外の全員で奴《やつ》らを止める！　A組、行くぞ！」

「おう！」

そう叫んで飯田たちがダッと駆け出した。


一方、爆豪たちは再びトンネルを抜けた。橋は大きな岩山に作られた城壁に囲まれた建物へと続いている。中へと進んでいくと、庭園が現われた。まるで古代ローマの遺跡の残骸《ざんがい》のような列柱《れっちゅう》やアーチなどがところどころに点在している。

やがて正門らしきものが見えてきた。だが開け放されていたその門がギギギと軋《きし》む音を立てながら閉じられる。

門扉《もんぴ》の前にいるのはウーゴとジルだ。やってきた爆豪と轟が距離を置き対峙《たいじ》する。

「やる気かよ⁉」

常《つね》に臨戦態勢の爆豪が意気込む。その向かいでジルの肩に乗っているウーゴがゆっくりと爆豪たちを指さした。

「あんたたちには恨《うら》みはないが、ボスの命令は絶対じゃて。ふぉっふぉっふぉっ……」

自分の尖《とが》った長い鼻をスリスリと触《さわ》って、肩をすくめて飄々《ひょうひょう》と笑うその様子に爆豪が苛立ったように「くっ……！」と顔をしかめる。

そんな爆豪の隣にスッとやってきた轟が、振り向きもせず後ろの出久に向かって言った。

「緑谷、ここは俺たちに任《まか》せて先に行け」

「また中二か!!」

またしてもカッコいいセリフに突っ込む爆豪。出久は「うん！」と頷いて、横へダッと駆け出す。ジュリオも同時にバイクを勢いよく走らせる。ジャンプした出久がジュリオのバイクを黒鞭《クロムチ》で持ち上げた。

「ジュリオさん行きましょう」

出久はバイクごとジュリオと高い塀《へい》を跳《と》び越《こ》えていった。

「あっ！　ん!?」

突破され慌てて身を乗り出すウーゴをジルが庇《かば》うように右手を上げる。

轟の出した氷結がジルとウーゴを呑み込んだように見えた。勢いよく壁にぶつかった氷結が割れて飛び散る。

「ふぉっふぉっふぉっ……」

呑み込まれたかと思われたウーゴの笑い声が響く。

「ああ？」

「ん？」

不可解な表情で、その声がした方向を爆豪と轟が見上げる。列柱の上にジルとウーゴが立っていた。

「確かに氷で拘束《こうそく》したはず……」

怪訝《けげん》そうに言う轟の後ろで、あまりに素速すぎる移動に爆豪がピンときた。

「なるほど……瞬間移動ってわけか……」

「ふぉっふぉっふぉっ……」

ジルとウーゴは高みの見物とばかりに二人を見下ろしていた。


城壁を越えた出久たちが着地したのは、屋敷前にある花の咲き乱れるキレイに手入れされた庭園だった。

「FUFU……」

笑い声が響き、出久とジュリオはハッと顔を上げる。屋敷のバルコニーにダークマイトと洗脳状態のアンナがいた。

「お目当ては、俺の大切なお嬢さんかな？　しかし、渡さないぞぉ」

ダークマイトはされるがままのアンナの肩を抱き寄せ、見せびらかすように頬《ほお》を摑《つか》んでみせる。そしてすぐにアンナを連れ部屋の奥へと引っ込んだ。

「お嬢様っ！」

「ジュリオさん！」

ジュリオがバイクを発進させる。風が吹き色とりどりの花びらが舞うなか、アンナのあとを追おうとするジュリオのその先、屋敷下の庭園の奥からブルーノがゆっくりと歩いてきた。出久がハッとする。

（空間を遅延《ちえん》させる……！）

ブルーノに気づいたジュリオが忌々《いまいま》しそうに顔を歪《ゆが》め、スピードを加速させた。ブルーノの〝個性〟に引っかかってしまう前に屋敷のなかに侵入できればいい。

ブルーノが指を鳴らしながら言う。

「ドレイン・スポット」

同時に遅延フィールドが素早く広がる。領域内に入ってしまった瞬間、舞う花びらとともにバイクが止まったように遅くなり、ジュリオも歪んだ表情のままになる。

出久は咄嗟《とっさ》にエアフォースで後ろに飛び、呑み込まれずに済んだ。

(なんとか空間外に出られた)

大きな枝に着地した出久に気づいたブルーノがゆっくりと歩いてくる。

「どこに行くつもりだい?」

出久の方に歩きながら、ブルーノは通り過ぎざま、ジュリオの肩を押していく。ジュリオはバイクごと庭園の低木にもたれかかった。出久は近づいてくる遅延フィールドを避けるため、黒鞭《クロムチ》で更《さら》に後ろへ飛んだ。

「おやおや、撤退《てったい》かな?」

ブルーノがからかうように言う間に、出久は空中で身体《からだ》を捻《ひね》りながら多数の黒鞭《クロムチ》を木々の枝に絡《から》ませた。そしてそれをバネにしながら、城壁の前に着地する。

「?」

ブルーノは出久の行動に首をかしげた。

出久は黒鞭《クロムチ》の張力に耐えながら、右足を素速く上下に動かす。一定の動きを繰《く》り返《かえ》すことでエネルギーを身体に蓄積《ちくせき》させ、任意のタイミングで発動させられる発勁《はっけい》の〝個性〟を使うつもりだ。

（浮《ふ》遊《ゆう》、発勁《はっけい》、エアフォース……同時発動！）

出久の身体から三つの〝個性〟が発動する。発勁《はっけい》のあまりの威力に蹴《け》り飛《と》ばした城壁が吹き飛んだ。出久はその勢いのまま、黒鞭《クロムチ》の張力を利用しさらに加速しながら遅延フォールドに突入した。その途端、急速にスピードダウンする。

「苦《くる》し紛《まぎ》れの特攻とは……ん？」

呆れたように言うブルーノがふと顔を上げた。時がとまったような空間のなか、出久だけが確実に迫ってきていた。

「なに⁉」

驚愕《きょうがく》するブルーノ。庭園の池の水が出久が通り過ぎる衝撃波で噴《ふ》き上《あ》がった。

「こいつ、一体……どんなスピードで……！」

狼狽《うろた》えるブルーノの腹に出久が頭から突っ込む。瞬間、ブルーノの遅延フィールドが消え、出久とブルーノはそのまま屋敷に激突した。

「うわぁぁっっ！」

解《と》き放《はな》たれたバイクが猛スピードで花壇に転がり込み、勢いそのまま土手へとぶつかりバイクが大破した。ぶつかる前に転がり落ちたジュリオがバッと顔を上げる。

屋敷からまっすぐ上へと伸びている透明な筒《つつ》のなかをエレベーターのようにアンナを連れたダークマイトが上がっていく。こちらを見下ろすその顔には笑みが浮かんでいた。

その行方《ゆくえ》を悔《くや》しそうに見上げていたジュリオだったが、すぐに屋敷から上がる土煙に気づいた。

「デク、デクッ！」

急いで階段を上がってきたジュリオに、半壊《はんかい》した屋敷から出久が顔を出す。

「だ、大丈夫です……アンナさんは？」

「連れ去られた……上だ……」

そう言って見上げるジュリオに、出久も透明な筒に気づいた。

「！　追いかけましょう」

瓦礫《がれき》から立ち上がる出久。その下には気絶したブルーノが倒れている。


出久とジュリオがダークマイトたちを追って駆け出したその頃、城壁の外でジルとウーゴと戦っていた爆豪と轟は瞬間移動に苦戦を強《し》いられていた。

「ふぉっふぉっふぉっ……」

二人からの攻撃を軽々と避《よ》けたウーゴがジルの肩の上でおどけたように帽子をとってみ

せる。爆豪と轟は間髪入れず攻撃をしかけるが、やはり瞬間移動で避けられてしまう。

「無《む》駄《だ》無駄~、ひゃっひゃっひゃっ」

ウーゴはジルの肩から柱の上へとピョンと飛び移り、二人を挑発するようにおどけてみせる。

「チィイ、ちょこまかと!」

苛立つ爆豪が空中から爆破を放つ。挟《はさ》み撃《う》ちしようと轟も別方向から氷結を出したが、その前にジルがウーゴを掴み瞬間移動した。どんなに高い攻撃力も逃げられては意味がない。

「くそっ!」

悔しそうに吐き捨てる轟が、長方形に切り出された近くの石がカタカタと揺れ出したのに気づく。

離れた場所でウーゴが石にむかって手をかざしていた。ウーゴの〝個性〟、念動力《ねんどうりょく》だ。

積まれていた石が浮き上がったかと思いきや、轟に向かってまっすぐ飛んでくる。

轟が咄嗟に氷壁を出して防ごうとするが、石は氷壁を破り轟の顔に直撃した。

「がっ!」

吹っ飛ばされる轟。それを見た爆豪が「野郎……!」と爆破を連射して応戦する。

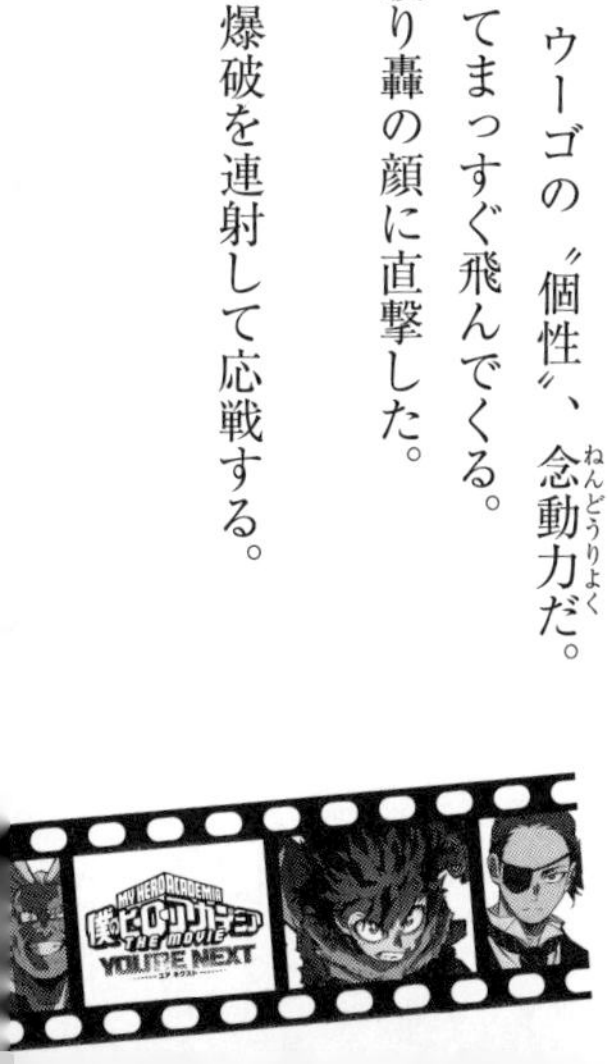

「くっ……！」

轟は鼻血を手でグイッと拭《ぬぐ》いながら立ち上がる。そしてウーゴたちを見据えると右手から冷気を噴き出させた。


一方、地下闘技場で怪物を相手にしている常闇も、同じく苦戦していた。

黒影《ダークシャドウ》は一撃で複数の怪物を倒せる。けれど、それ以上に怪物が出現してくるのだ。

「クッ、無限に湧いてくる……」

常闇が切りがない戦いに眉を険《けわ》しく寄せた。


そして街の外の草原では、怪物たちの襲撃を飯田たちが必死で食い止めていた。

「ハートビートファズ！」

突進してくる怪物を耳郎が地面に刺したイヤホンジャックから心音《しんおん》の音波撃で吹き飛ばす。そして少し離れた横では、八百万が創造《そうぞう》したレーザー砲三台の傍らで、向かいからやってくる怪物を見据えながら「撃てーっ！」と腕をサッと振り下ろし発射号令をかけた。

レーザービームが右から左へ流れた次の瞬間、地面がめくれ上がるほどの大爆破が起こり、広範囲の怪物たちが吹っ飛んだ。

「うおおおお！」

尾白《おじろ》は空中で身体を回転させ、その勢いで太い尻尾《しっぽ》で怪物を吹っ飛ばす。

切島も全身を硬化《こうか》させ、怪物たちに突っ込んでいく。

「足止めは任せろ！　あっ、うわあああ！」

峰田《みねた》は〝個性〟のもぎもぎを怪物たちに投げつけ足止めするが、迫りくる怪物たちにビビりあわてて逃げていく。

上鳴は八百万のレーザー砲のコードを握《にぎ》って電気を送り続けていたが、飛び込んできた怪物にレーザー砲を踏《ふ》み潰《つぶ》されてしまう。

砂藤と障子は避難民に近づこうとする怪物を必死に押さえている。それでも怪物は次から次へと湧いてきていた。

「きゃあ〜！」

転《ころ》んで逃げ遅れた避難民の女性に怪物たちが迫る。そこへ矢のようにやってきた飯田が怪物たちを蹴り飛ばした。その隙に口田が女性を抱き上げ逃げる。その後を守るようにサッとやってきた芦戸が「はあっっ！」と腕を振り、飛ばした酸《さん》で怪物を溶かした。

お茶子も敵《ヴィラン》を浮かし、瀬呂もテープでがんじがらめにし、梅雨も舌で拘束する。

逃げ出した峰田も、上鳴もまたすぐに怪物たちに応戦する。それぞれが避難民を守るた

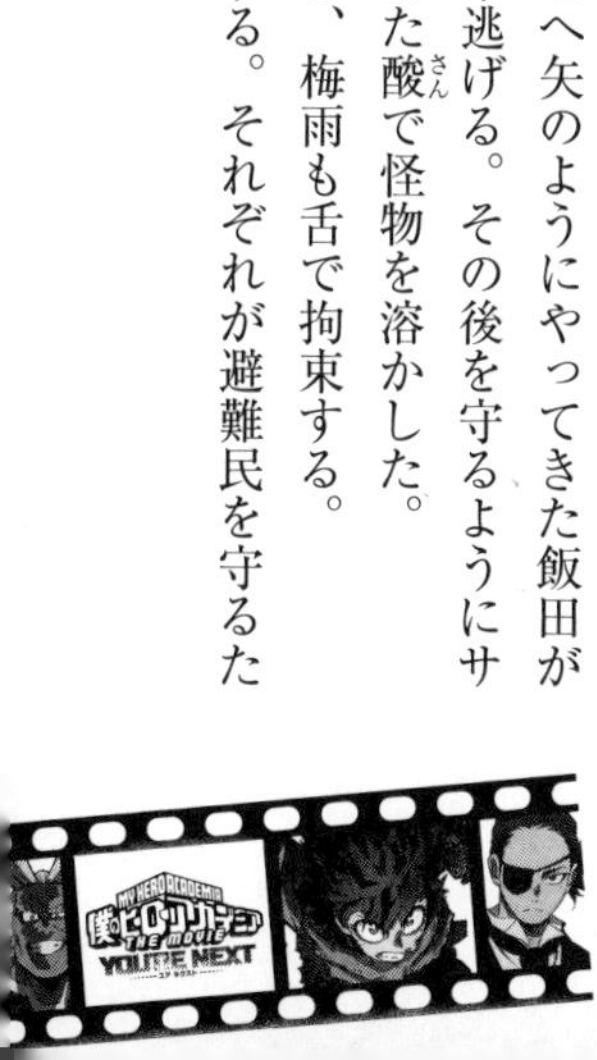

め、必死で闘《たたか》っていた。

飯田はすぐさま立ち上がり、怪物へと駆け出しながらみんなへ向けて叫ぶ。

「守れ！　守り抜くんだ！」

まるで一つの町のような大きさになった巨大要塞は、山間部を抜けて都心部を進んでいた。ヘリコプターからその様子を真剣な様子で見ているオールマイトの無線にエンデヴァーからの通信が入った。

『斥候《せっこう》からの報告はまだか？　要塞は目の前に迫っているんだぞ！』

しかしそのすぐあと、今度はホークスからの通信が入った。

『オールマイトさん！　斥候からのハンドサインです！』

要塞の下部で滞空しながらホークスが双眼鏡を覗《のぞ》く。その双眼鏡の先に、要塞の床の下からミリオが上半身だけを出している。そしてホークスに向かってハンドサインを送った。

『……要救助者多数、ルミリオンのいるポイントを破壊し、救助に当たられたし……以上です』

伝え終えたミリオは笑顔で手を振りながら、要塞のなかへと戻った。

オールマイトは無線ですぐさま指令を出す。

「指定ポイントに攻撃をかける。ヒーローはできるだけ要塞に近づいて要救助者の救護にあたれ！」

それを聞いたセメントスはビルの屋上で、やってくる要塞に向けて大量のセメントを上方へと出し続ける。その上に乗っているのは大勢のプロヒーローたちだ。そのなかにいるマウントレディが巨大化しながら、持っていた布を広げる。

「エンデヴァー頼む！」

オールマイトが声をかける。

『言われなくとも』

確固たる声色《こわいろ》を聞いたオールマイトがハッと顔を上げる。その視線の先、空中に炎が浮かんでいた。

エンデヴァーはすでに炎を全身に纏い上昇し、さらに炎を増大させながら叫ぶ。

「プルス　ウルトラ　プロミネンスバーン！」

とてつもない炎がエンデヴァーから巨大要塞に向かって発射された。飛んでいく炎が鞭《むち》のように細く尖《とが》り、要塞に当たる。エンデヴァーは炎のなかで円を描くように腕を大きく

MY HERO ACADEMIA

YOU'RE NEXT

回しながら叫んだ。

「フレアサークル！」

円を描いた灼熱《しゃくねつ》の炎が要塞の壁を打つ。円状に吹き飛ぶ壁。

その内部では、突然崩《くず》れる壁に避難民たちから悲鳴が上がる。ミリオとともに避難民たちを庇いながら口田が声をかけた。

「大丈夫です。落ち着いて！」

やがて要塞の下部の先端が崩れると、その中からおよそ二百人ほどの避難民が瓦礫とともに空中に落ちてくる。その瞬間を待っていたプロヒーローたちがバッと飛び出した。

上に残ったベストジーニストは繊維《せんい》を、シンリンカムイは枝を多数伸ばして避難民を確保する。リューキュウをはじめ飛べるヒーローたちは瓦礫の間を縫いながら避難民たちをキャッチし、マウントレディは大きな布で受け止める。

「このコで最後ね」

子どもを母親の元へ返したミリオに、近くにいたセメントスが聞く。

「中の状況は？」

「ヒーロー科1年A組が敵《ヴイラン》と交戦中。サポートに向かいます！」

そう言ってミリオは再び要塞へと飛んでいった。

「よくやってくれた。エンデヴァー」

オールマイトがビルの上で跪《ひざまず》き、肩で息をしているエンデヴァーに声をかける。しかしホークスからの通信が入った。

「ですが、要塞の侵攻は止まってません」

女性を抱えながら滞空しているホークスが見ている前で、要塞の崩壊《ほうかい》した部分が修復していく。

それを聞いたエンデヴァーが再び炎を纏いながら、ゆっくりと立ち上がり要塞を見上げる。その顔には不屈の精神が現われていた。

「ならば、何度でもプロミネンスを撃つまでだ……。オールマイト、要塞の突入隊を編成しろ……」

そう言いながらエンデヴァーは上昇していく。

「しかし……キミの身体が……」

心配するオールマイト。エンデヴァーは限界を超《こ》えるために、さらに炎を燃え上がらせた。

「俺たちは……ヒーローだ！」

ダークマイト
DARK MIGHT
{ "個性" }
??
Part.《パート》5
ダークマイト

出久《いずく》とジュリオはブルーノを倒したあと、上へと続くトンネルを探し出した。

山岳地帯に出たときのような狭く暗い穴のなかを、出久は黒鞭《クロムチ》でジュリオを掴《つか》みながらひたすら登ってゆく。やがて穴が終わり、暗い空間に出た。

「ここは……」

着地し、警戒するように周囲を見回すが何も見えない。けれどゆっくりとドーム型の天井から明るさが広がり、周囲に青空と草原が現われた。崩《くず》れて朽《く》ちている古代遺跡の残骸《ざんがい》がところどころに点在している。

「これも〝個性〟なのか……」

驚いている出久にジュリオが言った。

「錬金《れんきん》です」

「錬金?」

振り返る出久にジュリオが続ける。

「触媒《しょくばい》を使って思い通りの物質を作れる〝個性〟……今は、顔を変えてダークマイトなどと名乗っていますが……その正体は、ヨーロッパ最大のマフィア、ゴリーニ・ファミリーのボス、バルド・ゴリーニ……」

「なぜ、顔を変えてまでオールマイトに……」

出久は不思議に思う。

大きな組織のボスならば、金も地位もそれなりにあるはず。それなのにまったく違う人物を名乗ることになんの意味があるのか。

そのとき、少し離れたところから疑問に答える声がした。

「象徴だよ」

出久とジュリオがハッと振り向いた先にダークマイトがいた。アンナはそのまえのカウチに表情なく人形のように腰掛けていた。

「オールマイトに代わり、俺が象徴となるためだ。そうだ俺だ！　次は俺だ！」

ダークマイトはそう言いながら、バッと着ていたスーツを剥《は》ぎ取《と》る。シルバーエイジ時代のオールマイトのコスチュームに身を包んだダークマイトが現われた。そして背後からアンナを抱きかかえる。

「そうだろう、アンナ……」

「お嬢様っ！」

MY HERO
ACADEMIA

YOU'RE
NEXT

ジュリオが苛立《いらだ》ちながら叫ぶ。

ダークマイトが〝個性〟を変容させていく。その分、アンナの髪が肩辺《あた》りまで黒くなっていくと同時にアンナの〝個性〟によって足元から花が咲き広がった。

黒くなる髪、美しい花。それはアンナの苦しみを意味している。

「や、やめろ……」

ジュリオはアンナの苦しみを思い、思わず右手を上げかけた。けれど、もうそれはアンナを救うことができない義手《ぎしゅ》。ジュリオは悔《くや》しそうに顔を歪《ゆが》め拳《こぶし》を握《にぎ》る。それでも足は大切な人の元へ駆け出していた。

今までは望みを叶《かな》えて、殺すため。けれど今は救《たす》けるために。

「やめろぉおおっっっ！」

アンナから手を放したダークマイトが向かってくるジュリオに向かい、力を溜《た》め込《こ》むように構《かま》えながら拳を握る。

「この力で俺はオールマイトを超える……。世界を俺色に染《そ》める！」

そう言いながら拳を繰《く》り出《だ》したダークマイト。その拳から、拳の形で光るエネルギーの塊《かたまり》が放たれた。一瞬にして向かってくるジュリオに迫《せま》る光る拳。だが、同時にジュリオに出久が黒鞭《クロムチ》を伸ばしていた。

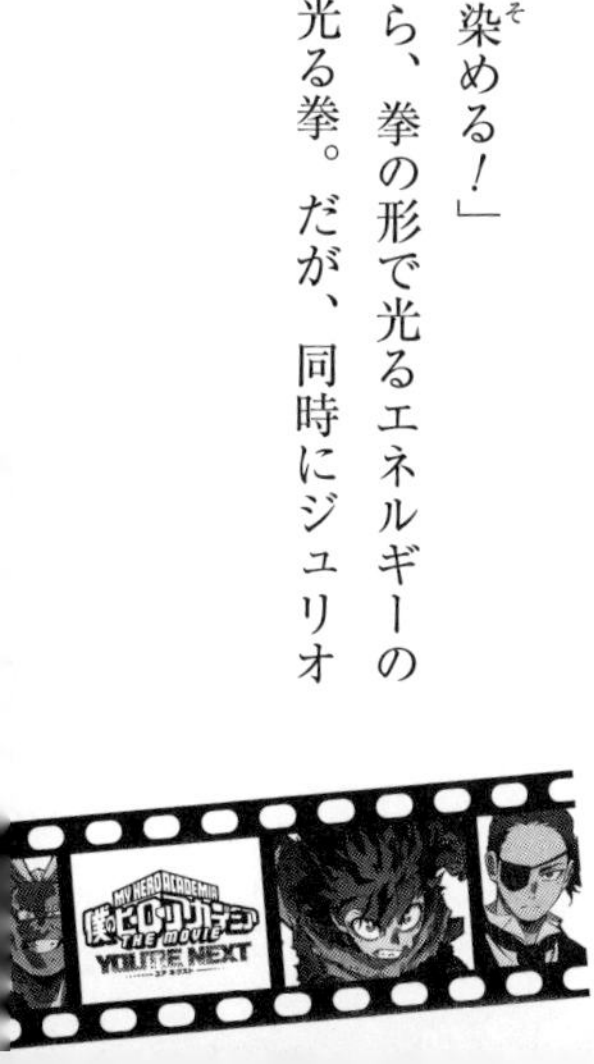

黒鞭《クロムチ》に引っ張られ倒れたジュリオは、間一髪《かんいっぱつ》光る拳を避《よ》けられた。その横を駆け抜け、出久がキックをお見舞いしようと迫るが、ダークマイトはそんな出久に向かい、すぐさままた光る拳を繰り出した。真っ向からぶつかる出久と光る拳。出久は拳の威力に弾《はじ》き飛《と》ばされ、岩に激突しめりこんだ。

「がっ!」

「これが……象徴の力!」

ダークマイトは間《ま》を置かず、三枚のコインを出久の方に投げつける。背後の岩に当たったコインから光が広がり、光から抜け出そうとした出久を押し出すように円柱形の岩が勢いよくせり出した。さらに地面からも岩の円柱が飛び出し、出久を挟《はさ》んで激突する。

「どうだ、憧《あこが》れるだろう?」

すでに勝ち誇った顔で悠々《ゆうゆう》と出久に近づこうとしたダークマイトに弾丸が浴びせられる。

しかしダークマイトはそれを見もせずに光の盾《たて》を出し、防いだ。

つまらなそうに振り向くダークマイトの視線の先にいたのは、義手の銃を撃ち続けているジュリオだった。

ダークマイトは光の盾でそれを防ぎながら、コインを宙に投げる。光の矢に変化したそれらを引き連れジュリオに向かって駆け出した。

ジュリオは足に括《くく》りつけていた最後のマガジンを引き抜き、装弾した。その間に迫ってきたダークマイトが走りながら義手の銃を構えるジュリオに光の矢を差し向ける。避けたジュリオの足元に刺さった光の矢が衝撃で地面を破壊した。ジュリオは避けるようにジャンプしながら、降《ふ》り注《そそ》ぐ岩塊《がんかい》のなかダークマイトに向かって銃を撃ち続ける。岩とともに落下するジュリオがすぐさま身体《からだ》を起こしたその瞬間、ハッとする。いつのまにか目の前にやってきていたダークマイトの拳が顔面に迫るが、間一髪《かんいっぱつ》避け、そして——。

——バンッ！　バン！　バン！　バン！

ダークマイトの勝ち誇ったような顔が、銃声とともに歪《ゆが》んだ。

ジュリオが至近距離からダークマイトの胸と腹に弾《たま》を撃ち込み続ける。弾薬の光に照らされるその顔には迷いも情もない。やがて銃弾が尽《つ》きた。ダークマイトの様子《ようす》を窺《うかが》っていたジュリオの顔が険《けわ》しくなり、思わず後ろに飛《と》び退《の》く。

少し離れた場所で、岩山を殴《なぐ》り飛《と》ばして出てきた出久がジュリオたちの様子に気づいた。

ジュリオの弾丸が撃ち込まれた部分が光り、ダークマイトの身体から弾丸がポロポロと落ちていく。

殺すつもりで撃ったジュリオの顔に怒《いか》りと絶望が滲《にじ》んだ。

「……どんなピンチをも乗り越える。俺はもう、プルス　ウルトラ——」

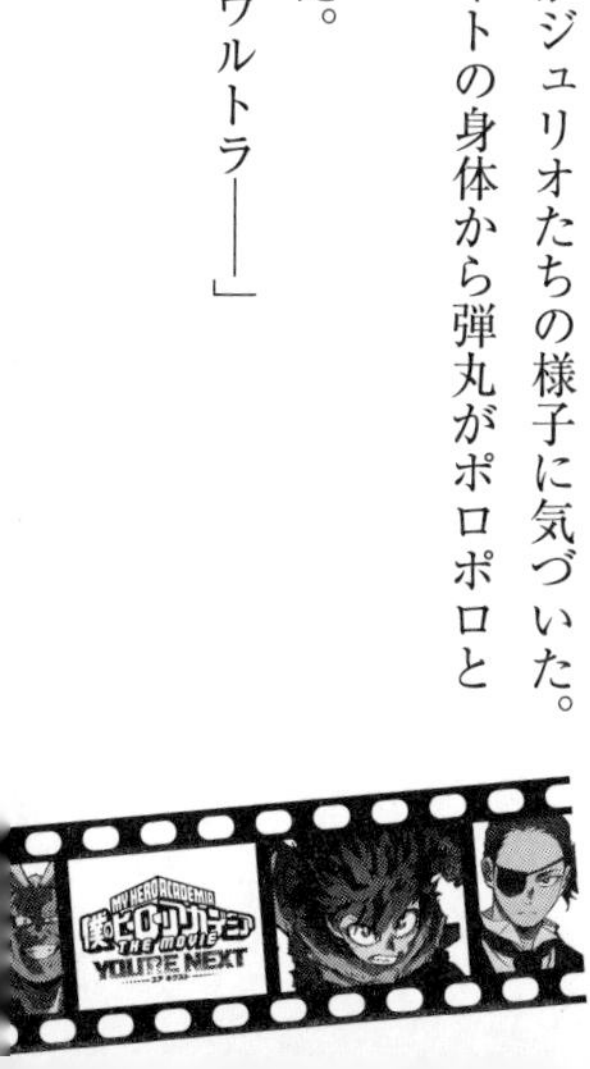

ダークマイトがコインを空中にばらまき、光の矢に変える。それを見た出久はジュリオを救《たす》けるために「やめろ！」とダッと駆け出した。

「――しているぞ！」

ダークマイトはそう言いながら、出久の方を振り向きざま球を投げるように腕を振り、光の矢を発射する。次々と地面に突き刺さる光の矢により、ジュリオの元へ飛ぶ出久の行く先を遮《さえぎ》るように岩塊が柱となって次々と上昇してくる。出久は咄嗟《とっさ》に避けながら向かっていくが、上から間髪《かんはつ》入れず狙《ねら》ってくる岩の柱に襲われた。

「ＦＵＦＵＦＵ……」

ダークマイトはジュリオの存在も気にせず、愉《たの》しげにコインを投げ攻撃を続ける。それに気づいたジュリオは腰の後ろに隠していた小型の銃に手を伸ばし、素早くダークマイトに向けて撃つ。だがその瞬間、弾丸を遮るように岩の壁がそそり立った。

気づかれていたとハッとするジュリオ。ダークマイトが岩壁を拳で破壊し、ジュリオの銃を払《はら》い退《の》けるや、拳を振り下ろす。

「うるさいんだよお前は！」

容赦《ようしゃ》ない殴打《おうだ》に続けて、腹部への蹴《け》りを入れられジュリオが嘔吐《おうと》する。

「がはっ！」

立っているのがやっとのジュリオをダークマイトは後ろから回し蹴りで吹っ飛ばす。岩山に激突したジュリオをムスッとした表情で見ながら、ダークマイトはコインを自分の周囲にばらまく。すると光になったコインがダークマイトの周《まわ》りをらせん状に回り、やがて頭上で大きな光の玉になった。

「未来ある若者との語らいの最中だろ。お前のような小物に邪魔《じゃま》されたくないんだよ！」

光の玉は大きな手になった。ジュリオを叩《たた》き潰《つぶ》すつもりだ。

ジュリオは骨折しているのか、あらぬ方向に曲がった手足でただ荒い息を繰り返し、血を吐くことしかできない。

光の手がジュリオに振り下ろされる。その瞬間、岩の柱のなかから出久がとてつもないスピードで飛び出した。

地面に叩きつけられる光の手。次の瞬間、手の下からエネルギーの衝撃が伝わり、手が爆発したように吹っ飛んだ。砂煙が消えて見えたのは、ジュリオを庇《かば》うように前に座り込んでいる流血しボロボロの出久だった。

（これが錬金……〝個性〟が複数あるみたいだ……）

肩で息をしながら出久がそう思っていると、気絶していたジュリオがハッと目を覚ます。

「デクッ！」

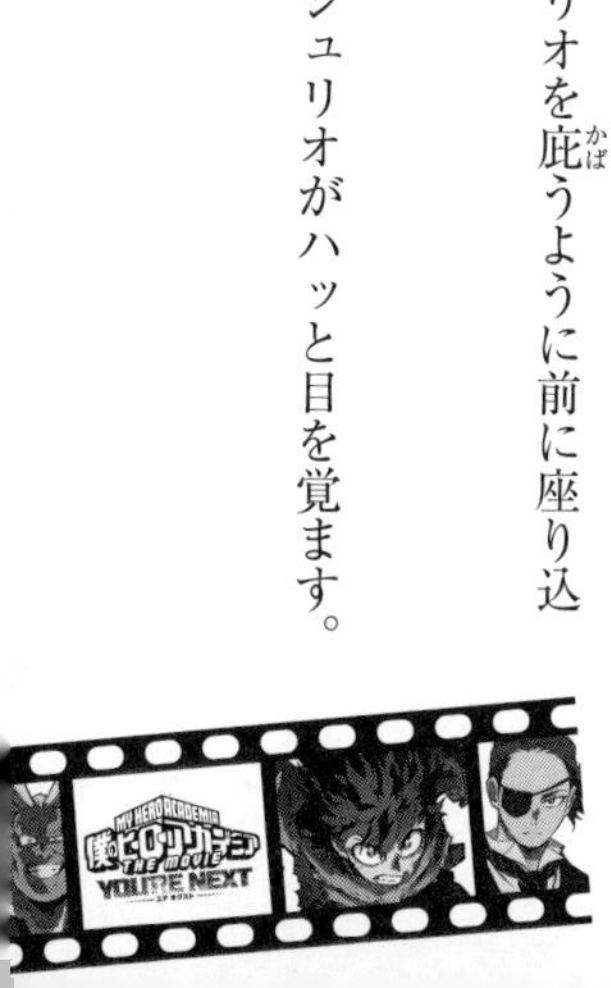

自分の痛みも顧《かえり》みず庇ってくれただろう出久を心配して身を起こすジュリオ。出久は振り向いて、大丈夫だというように微笑《ほほえ》んでから真剣な顔で小さく頷《うなず》く。そしてアンナの方向に視線を移した。

(でも今は……アンナさんを最優先に……!)

出久からの合図の意味をジュリオは即座に理解した。そしてゆっくりと二人は立ち上がる。

(6th《シックス》、煙幕《えんまく》・全開!)

出久は身体から煙幕を噴《ふ》き出《だ》し、身を隠した。

「小賢《こざか》しい技を……俺をがっかりさせないでくれよ」

あっというまに広がる煙幕に包まれたダークマイトが呆《あき》れたように言う。

その間に、出久はダッと駆け出し、ジュリオはなんとかよろよろと走り出した。

煙幕のなか、ゆったりと歩き出すダークマイトの少し離れた横をよたよたした影が通り過ぎた。

「ん?」

けれどすぐに背後から微《かす》かな、けれどしっかりとした足音が聞こえた。ダークマイトはこちらが出久だとニヤリと笑い振り返る。

「デトロイトスマッシュ！」

煙幕のなか駆けてきた出久がダークマイト目掛けて放つスマッシュに、ダークマイトも拳を振り下ろし迎え撃つ。

「トリノ・スマッシュ！」

光を纏《まと》うダークマイトの拳と、出久の拳が真っ向からぶつかった。その衝撃で煙幕が吹き飛ぶ。

必死に走ってきたジュリオはアンナの姿をみつけ、一瞬足を止めた。咲き誇る花々のなかでアンナはただ無表情で佇《たたず》んでいる。

「お嬢様っ！」

ジュリオは苦しそうにしながらも急いで駆け寄っていく。

「お嬢様〜っ！」

アンナに伸ばしたジュリオの右手が直前でピタッと止まった。

ダークマイトと拳を拮抗《きっこう》させていた出久がそれに気づく。だが、その隙《すき》をつかれ、出久ははは大きく吹っ飛ばされ青空の壁に激突し、めり込んだ。

手を止めたままのジュリオが、ゆっくりと膝《ひざ》から崩れるように倒れ込んだ。花のうえに倒れたジュリオは気を失っている。

岩陰《いわかげ》からデボラが現われ、倒れたジュリオを妖《あや》しく光る目で見下ろしながらアンナの肩に手を添《そ》えながら言った。

「ふふふ……アンナは……渡さないわ……」


一方、門の前でも戦いは続いていた。

爆豪と轟の攻撃をジルとウーゴは瞬間移動《しゅんかんいどう》で易々《やすやす》と躱《かわ》している。

「だから当たらんて」

ジルの肩に乗っているウーゴが、拍手をするように足を打ち合わせ小馬鹿にする。そこへ氷結《ひょうけつ》が襲い掛かるが、またしても避けられてしまう。それだけでなくウーゴは念動力で大きな岩を轟に差し向けた。

「クッ！」

瞬間移動の能力のない轟は、何とかジャンプして避けるだけだ。そして後ろ向きで立っていた爆豪の元へやってきて背中を預けた。

「そろそろ諦《あきら》めたらどうじゃ？　ふぉっふぉっふぉっ……」

ウーゴが手を振りながらからかっている間、轟は爆豪にだけ聞こえるような小さめの声で話しかけた。

「〝個性〟はわかった。無口が瞬間移動《しゅんかんいどう》……」

「ジジイが念動力《ねんどうりょく》だ……」

　爆豪もそれに応じるように小声で言う。二人は闇雲《やみくも》に攻撃を続けていたわけではなく、冷静にジルとウーゴの動きを探っていた。

　そんなこととは露知《つゆし》らず、ジルとウーゴは挑発するように笑いながら瞬間移動を繰り返している。轟はそんなジルたちを目で追いながら言う。

「法則性も読めた。瞬間移動ができるのは自分自身と自分が触れているものだけ……」

　轟は右手に冷気を纏い始める。

「移動範囲は肉眼で目視できるトコだけ……」

　爆豪も爆破準備のため手のひらをグッと握り込んだ。

「だったら……」

　轟の左手から炎が放たれ地面を這《は》う。

「その範囲すべてを……」

　ぶわっと立ち上がる炎。

「爆破《ばくは》する！」

「焼きつくす！」

高く跳《と》び上《あ》がった爆豪が辺《あた》り構《かま》わず爆破し、轟もさらに炎を広範囲に放った。迫る炎にジルが瞬間移動して消える。

爆豪と轟の同時広範囲攻撃で、辺り一帯は火の海と化した。

ジルとウーゴが上空に現われる。その瞬間、声がした。

「やっぱ」

ハッと振り向いたジルの間近に爆豪が待機していた。

「そうするよなぁ……！」

そう言いながら爆豪は狙い通り追い詰めたジルとウーゴに向かって大爆破《だいばくは》を放つ。

「ぎゃあああああ！」

炎に包まれ叫ぶウーゴたちが下からやってくる氷柱《ひょうちゅう》に呑《の》み込まれた。巨大化していく氷柱によって一気に冷やされた空気が炎の熱が反応し、大爆発のような暴風を起こす。

「手間かけさせやがって……」

轟の近くに着地した爆豪が氷柱を見上げる。ジルとウーゴはそのなかで気絶していた。

「ジュ、ジュリオさん……」

最上階のドーム内では、ダークマイトによって吹っ飛ばされ壁にめり込み動けない出久が、なんとか脱出しようとしていた。だが、ダークマイトが投げたコインが無数の光の矢となって出久の周囲の壁に刺さる。土煙が消えると、出久は太い鉄棒で壁に拘束《こうそく》されていた。

「ぐっ、ううっ……！」

なんとかしようともがくが、隙間《すきま》無く鉄棒に埋められている。

「アンナ、その男を殺しなさい」

デボラがそう言いながらナイフをアンナに差し出す。洗脳状態のアンナは無表情で立ち上がり、おもむろに鞘《さや》からナイフを引き抜いた。

「はい、お姉様……」

「ＦＵＦＵＦＵ……楽しいショーの始まりだ……」

ダークマイトが愉快そうに笑うなか、美しい花畑に倒れたままのジュリオにナイフを持ったアンナが近づき傍《かたわ》らにしゃがんだ。出久は拘束されながら必死に叫ぶ。

「目を覚ましてください、ジュリオさん！　ジュリオさん！」

ダークマイトは出久を振り返り言った。

「君はもうなにもできない。大人《おとな》になれ。絶望を知って、俺という象徴の再来を受け入れるのだ」

「そんなこと……！」

悔しそうに言い返そうとする出久。その間にアンナはナイフを両手で逆手《さかて》に持ち替える。

ハッとした出久が声の限り必死に叫ぶ。

「アンナさん！　ダメだ！　アンナさん！」

アンナはゆっくりとナイフを振りかぶった。


一方、地上では確実に向かってくる要塞《ようさい》にエンデヴァーが空中で対峙《たいじ》していた。

他のヒーローとともに要塞間近のビルの上に着いたホークスが、無線を通してエンデヴァーに話しかけた。

「配置完了っす、エンデヴァーさん」

その声を聞いたエンデヴァーが即座に自身の炎を滾《たぎ》らせる。

「この炎、燃《も》え尽《つ》きるまで」

膨大《ぼうだい》な炎を纏いながらエンデヴァーは身体の熱を溜《た》め込《こ》むように腕を胸の前でクロスさせる。ヘリから見守るオールマイトの視線の先でエンデヴァーはものすごいスピードで要塞に向かっていった。

「プロミネンスバーン！」

エンデヴァーが要塞に突っ込む。その衝撃に火柱が上がり、要塞が振動した。

その衝撃は当然、内部にも伝わった。

今にもナイフを振り下ろそうとしていたアンナがバランスを崩し、ナイフが花の上に落ちる。

振動は続く。巨大化したマウントレディが、エンデヴァーが壊した壁面を手で広《ひろ》げ、ミルコを先頭にプロヒーローたちが続々となかに突入していった。

「フッ、ヒーローどもが来たか。しかしこの俺には……」

それを察知したダークマイトがそう言ったとき、出久が叫んだ。

「うおおおおおおおお！」

さっきの振動のおかげで鉄棒が刺さった壁が崩れかけていた。出久は渾身《こんしん》の力で何重にもなった鉄棒を外《はず》そうともがく。隙間がわずかに広がったその瞬間、ダークマイトが放った大きな光の拳が激突し、壁ごと鉄棒が大破した。続けざま、二つの光る拳が追い打ちをかける。出久は瓦礫《がれき》に埋もれながらもなんとか顔をあげ叫んだ。

「ジュ、ジュリオさん……目を、覚まして……ジュリオさーんっ！」

その声が届いたかのように、依然《いぜん》倒れたままのジュリオの義眼《ぎがん》が突如《とつじょ》動き出した。ギュ

インと動き、視界の端《はし》にデボラを認識する。それに気づいたデボラがハッとし、それを避けようと動くが、ジュリオの義眼はデボラを追った。

デボラは広場で洗脳状態のジュリオが撃ってきたことを思い出す。

「まさか！　私を認識したらサポート・アイテムが自動で動くよう……あらかじめ設定して……！」

その予想が当たっていたようにジュリオの義手が自動で銃に変形し、デボラに狙いを定《さだ》めた。恐怖に怯《おび》えるデボラの前で銃のスライドが引かれ発射を待つ。だが、カチッと乾いた音を立てただけだった。カチッカチッと空砲を繰り返す銃をきょとんと見ていたデボラが安心したように口を開いた。

「へ？　……タマ切れ？　は……ははは！　なんだそれ！　脅《おど》かしやがって！」

柄《がら》の悪い本性《ほんしょう》が出たデボラのまえで、突然、ジュリオの義足のカバーが外れた。そこからジャキンと現われたのはロケットノズルだった。愕然《がくぜん》とするデボラのまえで義足の裏から炎が噴き出し、ロケットノズルが噴射する。その勢いでジュリオは猛スピードで進み、空中へと浮き上がった。突然のことにポカンとする出久。ジュリオは逃げ出すデボラに空中から狙いを定め、突っ込んでいく。

激突した瞬間、デボラが気を失ったためアンナがハッと洗脳から目を覚ました。そして落ちていたナイフをみつける。

「わ、私……なにを……」

記憶がないアンナは嫌《いや》な予感に襲われ、自分の髪の色を確かめる。自分が何かしてしまったのではないかと嫌な予感を募《つの》らせながら辺りを見回したアンナが、デボラとともに倒れているジュリオをみつけた。

「……あっジュリオ！」

アンナは目に涙を浮かべながらジュリオの元へ駆けようとするが、ダークマイトに乱暴に摑み上げられた。

「ああっ、きゃあっっ」

「どこに行くんだい？　おじさん悲しいなあ……」

「く……くそっ！」

出久は脱出しようとあがくが、大量の鉄棒と瓦礫に圧迫され抜け出すことができない。

「誰も君を救えない。君に必要なのは、あの男じゃない。この俺だよっ！」

ダークマイトは強くアンナの肩を摑みながら言う。「ああーっ！」と黒髪になってゆくアンナが痛みと苦しみに悲鳴をあげたそのとき、突如、爆炎がダークマイトを襲った。

ダークマイトは咄嗟にバリアを作り炎を避ける。

「！」

ハッとする出久が突然、氷に持ち上げられた。氷は鉄棒と瓦礫を振り落とし、出久はやっと動くことができた。

「大丈夫か、緑谷《みどりや》」

氷結ですべるようにやってきたのは轟だった。

「轟くん……！」

「ちんたらしてんじゃねーぞ、デク！」

「かっちゃん！」

爆豪も出久に背を向け降り立ち、ダークマイトに身構える。

「驚いたな……ここまで辿《たど》り着《つ》く者が三人もいるとは……さすがオールマイトの教え子たちと言ったところか」

「うるせえ！　おめえがオールマイトを語ってんじゃねえ！」

爆豪にとってもオールマイトは憧れのヒーロー。反論する爆豪にダークマイトはアンナを摑む手に力を込める。

「よかろう。言葉より力だ。この私自《みずか》らお前たちに格の違いを教えてやる！」

「ああ～っ！」

苦痛に悲鳴をあげるアンナの髪が先まで黒くなってゆく。周囲に薔薇《ばら》の花が咲き、足元の花畑が広がってゆく。アンナの力を奪ったダークマイトの目が邪悪《じゃあく》に輝いた。

「アンナさん！」

出久が叫ぶ。

「行くぞ！」

そう言う爆豪と轟が爆破《ばくは》と氷結《ひょうけつ》で一気にダークマイトに向かった。出久もすぐに追いつこうと満身創痍《まんしんそうい》の身体でよろよろと立ち上がる。

爆豪が先手必勝とばかりに爆破を連発するが、ダークマイトの周囲を守るように回っている無数のコインに阻《はば》まれてしまう。回るコインの数が増していき、やがてダークマイト自身が光り始める。轟が放った氷壁がそれを覆《おお》うが、そのなかからたくさんの光の矢が飛び出してくる。

光の矢は氷結で近づいていく轟の元へ向かい、地面に落ちるとその地面が隆起《りゅうき》し轟に襲い掛かる。振り返りハッとする轟。だがそのとき黒鞭《クロムチ》が伸び、間一髪、轟を引っ張った。着地した轟と出久は小さく頷き、すぐさま一緒《いっしょ》に駆け出す。

攻撃を続けようとしている爆豪だったが、無数に隆起してくる岩の柱に邪魔されていた。その間もダークマイトが閉じ込められている氷塊《ひょうかい》の周りを無数のコインが回っていた。氷

塊の奥が光り出す。

その光のなか。力を吸われ尽くしたアンナがカウチに倒れ込んだ。その近くで、ダークマイトの身体に光の帯がぐるぐると巻きついていく。巻きつかれた身体はその質量をググッと増して、不自然なほど大きくなった。ダークマイトが変容完了とばかりにニィッと笑い、マッスルポーズを取る。

氷塊の奥の発光が一際《ひときわ》強くなり、爆散《ばくさん》した。

身構える出久たちの前に現われたのは、巨大化した身体でオールマイトのゴールデンエイジのコスチューム姿になったダークマイトだった。

「FUFUFU……いいぞいいぞ若人《わこうど》たちよ。さあもっと楽しませてくれ」

「く……」

その姿に、オールマイトをバカにされた気がして出久たちは苛立ちに顔をしかめ、以心伝心したかのように一斉《いっせい》にダッとダークマイト目掛けて駆け出す。

「FUFUFU！」

ダークマイトも迎え撃つべくダッと三人に向かって駆け出した。

地上では、要塞の壁が修復されつつあった。

『突入班、総員要塞内に突入しました！』

ヘリでオペレーターから報告を受けたオールマイトは、わずかに後ろを見る。

要塞は雄英《ゆうえい》高校を目視できるところまで来ていた。

「時間がない……」

オールマイトが険しい顔でそう呟《つぶや》いた頃、要塞のなかの地下闘技場で黒影《ダークシャドウ》とともに大勢の怪物たちと戦っていた常闇はすでに力尽きそうになっていた。

暗がりのなかで最強になる黒影《ダークシャドウ》がいても、無限に湧いてくる敵《ヴィラン》とずっと戦っていれば消耗《しょうもう》する。常闇は傷だらけになりながら滴《したた》り落《お》ちてくる汗をふらつきながら手で拭《ぬぐ》った。

その間も敵《ヴィラン》は次々と出現してくる。

「くっ、ここまでか……」

そう零《こぼ》す常闇を守るように黒影《ダークシャドウ》が威嚇《いかく》したとき、突然、天井が崩れた。差し込む光に常闇が目を細める。

「諦めるなんて……らしくないいんじゃない、ツクヨミくん……」

「ホークス！」

深紅《しんく》の羽とともに壊れた天井から降りてきたのは、尊敬している師匠《ししょう》であり憧れのヒー

ローだった。

一方、街の外で怪物たちを食い止めている飯田《いいだ》たちも苦戦を強《し》いられていた。増《ふ》える一方の怪物たちに対して抗戦が精一杯で、時間が経《た》てば経つほど不利になっていく。けれど、避難民たちが全員無事逃げられたとわからない現状、ここで守らなければならない。

八百万《やおよろず》が創《つく》った広範囲を攻撃できる最後のレーザー砲も怪物たちに壊されて爆発した。

「く……」

八百万が痛めた肩を押さえながら悔しげに顔をしかめる。今すぐまたレーザー砲を創造しても、頼みの綱《つな》である上鳴《かみなり》も別の場所で交戦中だ。また別の場所でも瀬呂《せろ》、砂藤《さとう》、尾白《おじろ》たちが地面から次々現われる怪物に囲《かこ》まれてしまっている。負傷したのか跪《ひざまず》く梅雨《つゆ》とお茶子《ちゃこ》のまえにもたくさんの怪物が迫っていた。

だが、そのとき戦場を揺らすようなたくましい声が森の奥から響《ひび》いてくる。

「ひひいいいいいやあああああっ！」

そう叫びながら駆けてきたのはミルコ。勢いよく跳《は》ねるようにジャンプし、怪物たち目掛けて回転しながら蹴りを浴びせる。吹っ飛ぶ怪物。しかしそれに気づいた周囲の怪物たちがミルコに山のように群《むら》がった。

「うおりゃ！」

だがその怪物たちの山が、内側からの攻撃に弾《はじ》き飛《と》ばされていった。ミルコが回し蹴りを炸裂《さくれつ》させたのだ。「はっはっはっはっ」とミルコは倒した怪物たちの上で好戦的に高笑いする。そしてやってきたのはミルコだけではない。

「よくぞ紡《つむ》いだ」

ベストジーニストが繊維《せんい》を四方八方に伸ばし怪物たちを拘束する。その前にエッジショットも現われ、力強く言った。

「後は我らに任《まか》せろ」

到着したプロヒーローたちが、一気に怪物たちに襲いかかる。

「おおお！」

頼もしいプロヒーローたちの登場にみんなの顔に笑顔が戻る。

「おりゃ！　はあっ、おおおりゃあっっ」

ミルコが縦横無尽《じゅうおうむじん》に怪物を倒していく。だがそのとき、突然怪物が地面に沈んで消えていった。

「ん？　何だ？」

尾白たちの周りを囲んでいた怪物も地面に消えていく。

MY HERO ACADEMIA

YOU'RE NEXT

MY HERO ACADEMIA

YOU'RE NEXT

「ん？」

消えた怪物たちにきょとんとしていたミルコが、奥の方の一か所にたくさんの怪物たちが現われたのに気づく。

一か所に集まった怪物たちはわらわらと互いに抱きつき、くっついていく。そして融合《ゆうごう》して膨《ふく》らみ、やがて巨大な珊瑚《さんご》と植物が混じったような奇妙なものになった。太い幹の上部から、先端に目と口がある太い触手が何本もにょきにょきと伸びる。その奇妙な集合体は他にも何本もできていた。それだけでなく、また新しい怪物たちが地面から続々と現れ始めた。

飯田がそれらに対峙するように一歩前に出た。

奇妙な集合体がどんな攻撃をしかけてくるのかわからないが、ここで引くわけにはいかない。飯田は仮面のなかで怪物たちを見据《みす》えて気合いを入れ直すように言った。

「くっ……！　みんな諦めるな！」

「おおっ！」

飯田の後ろで、みんなも怪物を見据えて応《こた》える。その顔にはヒーローとしての心構《こころがま》えが表れていた。

出久たちがダークマイトと戦っているなか、目を覚ましたジュリオは目の端にカウチで気絶しているアンナに気づいた。

「お嬢……さ……ま……」

ジュリオはボロボロの身体でなんとか立ち上がり、足を引きずりながらアンナの元へと歩き出す。

ダークマイトと出久たちの戦いは激しさを増していた。

ダークマイトが爆豪からの爆破を光の盾で防いでいる背後に、氷結で回り込んできた轟が左手から炎を浴びせようとするが、それも光の盾で防がれる。不敵な笑《え》みを浮かべたままのダークマイトが上へと飛び上がったそこに、待ち構えていた出久がエアフォースを連射する。ダークマイトはコインを足場にして光の盾で攻撃を避けながら迫っていくが、横から爆豪が爆破で攻撃する。瞬時に出久もエアフォースで攻撃し、轟も穿天氷壁《がてんひょうへき》を放つ。

（こいつに隙を与えるな！）

三人はそう思いながら波状攻撃を続けていた。

ダークマイトを覆《おお》った氷壁のなかから飛び出した大きな光る拳が氷の拳に変わり、轟へと突撃してくる。直前で炎を出す轟だったが氷の拳は溶けきらず、濛々《もうもう》と水蒸気が立ち昇った。そのなかでダークマイト自身が周囲にコインを回らせ、それを次々パンチする。飛

び出す無数の光の拳が天井に、地上に激突しドームを破壊していく。力を誇示するその様《さま》は、おもちゃを振り回す大きな子どものようだった。

「ぐあっ！」

アンナの元へ歩いていたジュリオが瓦礫に吹っ飛ばされる。出久も轟も光の拳に吹っ飛ばされた。同じく吹っ飛ばされ壁にめり込んだ爆豪目掛けて、上下から岩の柱が潰しにかかる。だが。

「だあ!!」

爆破でそれを破壊し飛び出してきた爆豪に、ダークマイトは小高い岩の上から不敵に笑って言った。

「FUFUFUFU。がんばれヒーロー。俺の壁はそんなに薄くはないぞ」

「ほざけ、パチモンが!!」

吠える爆豪に向かってダークマイトが不敵な笑みを浮かべる。

「やはり……次は俺だな！」

そう言って自分を自信満々に指差すダークマイトに爆豪はダッと飛び出しながら爆破を浴びせる。

「違《ちげ》ぇよ！」

「次は……！」

轟も氷結を繰り出し、同じく壁に深くめり込んでいた出久も岩を吹き飛ばして黒鞭《クロムチ》を出しながら言った。

「僕たちだ！」

三人はオールマイトから託《たく》された大事な言葉を穢《けが》されたようで、猛烈に憤《いきどお》っていた。それと同時にヒーローを志《こころざ》した原点を思い出す。

爆豪からの爆破を光の盾で防ぎながら、ダークマイトは右手の指輪からコインを出し落とす。間髪入れず轟がやってくるが、右手を振り、地上から光の矢で襲わせる。衝撃に地面がまくれ上がり土煙が立つ。だが轟は足に巻かれた黒鞭《クロムチ》で縦横無尽に攻撃を避け、土煙の中から死角をつきダークマイトに向かっていく。その左手はすでに炎を纏っていた。

ダークマイトはハッとし咄嗟にバリアを展開した。バリアに防がれる炎。だが、その炎は激しく燃え上がっていく。

轟の脳裏《のうり》には、幼い頃母親と一緒に見たたくさんの人を救助するオールマイトの映像が浮かんでいた。地獄といっても過言ではないほど辛《つら》かった幼少時代、憧れたヒーロー。

「俺が憧れた象徴は……みんなに笑顔をくれた、希望をくれた」

轟の炎の強さにダークマイトのバリアにピキッとヒビが入った。

「こ、この力は……！」

焦《あせ》るダークマイトがバリアから入ってくる炎を抑《おさ》えようとする間に、炎のなかで轟は右手に冷気を溜め込んでいた。

「奪う力じゃなく、与える力を持つ者だ！」

そう叫びながら、熱せられたバリアに極寒の冷気を叩きつける。一瞬で割れ散るバリア。呆然《ぼうぜん》とするダークマイトを炎が呑み込む。

「うわっ！」

ダークマイトは岩の上から落ちながらも、飛んできたコインを殴り、光の拳を轟に向かわせる。だが、轟を出久が黒鞭《クロムチ》で引っ張って救《たす》けた。

地面に落ちたダークマイトは転がって自身の炎を消そうとするが、即座に爆豪の爆破の連射に襲われた。爆豪は上空から連爆しながら、幼い頃、出久たちと電気屋のテレビで見た敵《ツイラン》と対峙しているオールマイトのことを思い出す。

「俺はオールマイトの勝つ姿に憧れた……けどな……」

絨毯《じゅうたん》爆撃のような爆破の集中砲火に、ダークマイトも光の盾などで防ごうと試みるが、爆破がそれを上回る。

「く……！」

「ただ勝てばいいってもんじゃねえ！　てめーの強さにゃ憧れねぇ!!」

爆豪はそう言いながら爆破で回転を始める。

力は強さの証明ではない。何のために力を使うのかが、その人の本質を露《あら》わにする。

オールマイトは爆豪にとって世界で一番強いヒーローなのだ。

巨大竜巻《たつまき》のように膨れ上がった炎のなか、爆豪は両手から最大限の爆破を地上のダークマイトに放つ。大爆破に襲われたダークマイトが炎のなかで絶叫する。

「ぐがあぁ！　か、顔がぁぁ、俺の顔がぁぁっ！　あぁぁぁああぁぁ！」

整形した顔が焼けただれ、下から陰気そうな歪んだ顔が現われた。

「そいつがてめーの正体か」

上空から見下ろす爆豪。轟も地上からそれを見た。

「オールマイトには似ても似つかない」

爆豪と轟は同時に、世界で一番オールマイトを敬愛しているだろう出久を見た。

「そうだろ、デク！」

「そうだろ、緑谷！」

二人が振り向く先で、出久は斜め先の壁に黒鞭《クロムチ》を左右に張りながら、発勁《はっけい》の力を溜めるため片足を上下に動かしていた。

（オールマイトから〝個性〟を受《う》け継《つ》いだけど……あの人に追いついたなんてとても思えない……）

出久はそう思いながらダークマイトを見据え、フルカウルを発動させる。そして信念に満ちた強い瞳《ひとみ》で、とてつもないスピードで飛び出した。脳裏を駆《か》け巡《めぐ》るのは、今もこの要塞の別の場所で戦っているだろう面々のことだった。

（でも、僕は一人じゃない。一緒に戦ってくれる友達がいる。仲間がいる。頼れるヒーローたちもいる。みんなで勝ち取るんだ。僕たち全員で、オールマイトのように！）

迫る出久にあわてたダークマイトがコインを投げ、五重のバリアを張った。だが出久の勢いは止まらずバリアが破壊されていく。最後の一枚にヒビが入ると同時に左右から氷結《ひょうけつ》と爆破《ばくは》がやってくる。大爆発が起こり、その炎のなかから出久が拳を振りかぶりながら飛び出してきた。

「笑顔でみんなを救《たす》けるんだ！」

出久はそう言いながらダークマイトに攻撃を浴びせ続ける。

（デトロイト！　テキサス！　ワイオミング！　カロライナ！　ミズーリ！　カリフォルニア！　ニューハンプシャー！　オクラホマ！）

ダークマイトはボロぞうきんのようにやられるがまま、身体を打撃に踊らせる。ダークマイトが最後のあがきのように出久を掴むが、逆に振り回され勢いをつけて放りだされてしまう。勢いのあまり巻き上げられた瓦礫のなかから出久が飛び出す。

（セントルイス！　スマァァァシュッ！！！）

渾身《こんしん》の力を込めた蹴りがダークマイトの首元に当たり、一瞬で吹き飛び壁に激突しめり込んだ。

ダークマイトこと、バルド・ゴリーニは失いかける意識のなかで、父親との最後の会話を思い出していた。

バルドの部屋でイスに腰掛けながら組織のボスである父親から、後は継がせられないと言われたあとのこと。

「バルドよ……。力に固執《こしつ》するお前では、ファミリーをまとめることはできん。恐怖だけで人は動かん……」

ボスになるべく育てられたバルドにとってそれは、すべてを失うのと同義だった。あってはならない耐えがたい未来。

だから、気持ちを変えてほしいと父親に銃を向けた。

「オールマイトは、その力で己《おのれ》の理想を手にしました」

「彼は理想のために力を欲したのだ。お前とは違う」

MY HERO ACADEMIA

YOU'RE NEXT

「そんなことはないっ!」

激昂《げっこう》したバルドは葉巻を取ろうとした父親を撃った。

ボスに選ばれなかったということは、父親に失望されたということだとバルドは思っていた。最愛の父親に認められる息子《むすこ》でありたかった。その父親がいなくなっても、バルドは父親に、誰かに認められたかった。

そうして膨れ上がった承認欲求が、偉大なオールマイトと同じように世界に認められ、求められることにまで変化してしまった。

「……父……上……」

めり込んだ岩から落下し、最愛の父親を呼んでバルドが気を失う。同時に身体が縮《ちぢ》んでいった。

それによって、飯田たちが草原で食い止めていたバルドの〝個性〟の錬金で創られた怪物や、その怪物の奇妙な集合体がガラガラと崩れてゆく。

突然のことに唖然《あぜん》としていた飯田だったが、すぐにその意味を理解した。

「……やったぞ」

同じく、地下闘技場で背中合わせになって怪物と戦っていた常闇とホークスも、崩れていく怪物たちを見てそのことに気づいた。

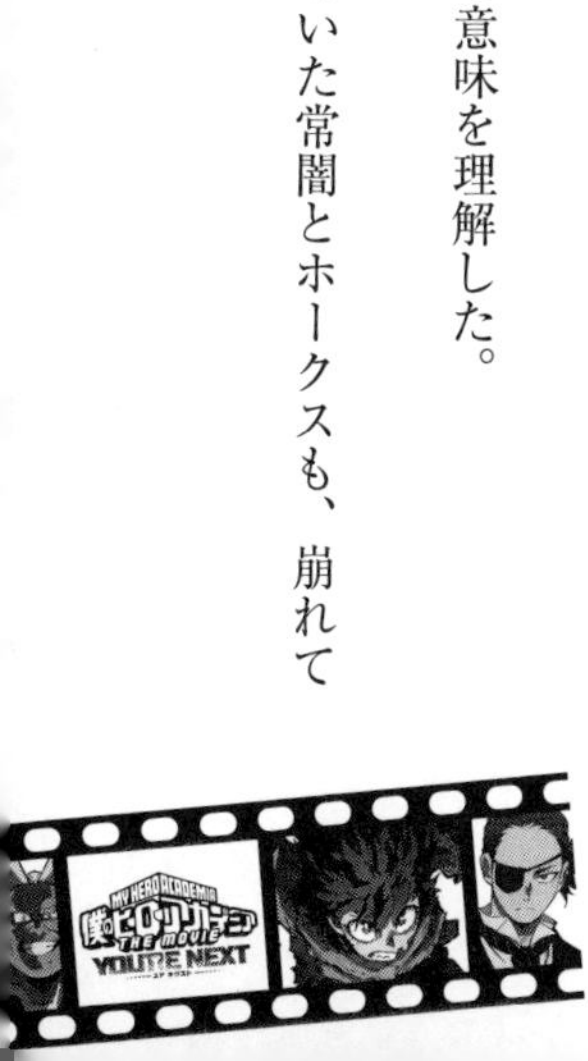

「どうやら……」

「終わったようだね」

そして、屋敷で一人優雅に紅茶を飲んでいたカミルも異変に気づき、噴き出した。

「ダークマイトの〝個性〟が途絶《とだ》えただと⁉ ど、どど、どうして……」

モニターに映る要塞内の惨状《さんじょう》にあわてるカミルの背後に、スーッとミリオが現われる。

「見つけたね！」

振り返りギョッとするカミルにミリオは「ＰＯＷＥＲ〜っ！」力強いパンチをお見舞いした。

地上では、力を失った巨大要塞が下降しながら建物の形を崩し、ガラガラと壊れていく。ビルの上に瓦礫が降り注ぎ膨大な土煙があがる。要塞は上部を残しその動きを止めた。

「……巨大要塞が、完全に、停止しました！」

雄英本部のモニターでその様子を固唾《かたず》をのんで見守っていた面々が、オペレーターのその声に歓声をあげる。そのなかで根津《ねづ》校長も安堵《あんど》の笑みを浮かべた。

オールマイトもヘリからその様子を確認し、安心したように呟いた。

「よくやってくれた……」

ホークス
HAWKS
“個性”
剛翼
ベスト
ジーニスト
BEST JEANIST
“個性”
ファイバー
マスター
Part《パート》 6
ヒーロー

ダークマイトを倒したあと、出久《いずく》は瓦礫《がれき》のなかから起き上がろうとしているジュリオに駆け寄った。

「ジュリオさん！　大丈夫ですか？」

「え、ええ……何か所か骨が折れたようですが……」

出久の手を借り、ジュリオは苦しそうに立ち上がる。そして一人でなんとか、カウチで倒れているアンナの元へと歩き出す。

「アンナさん……」

出久が心配そうに二人を見守りながら呟《つぶや》く。

そのとき、アンナが突然小刻みに震えだした。

「う…うう……」

「お嬢様！」

苦しそうなアンナの様子《ようす》にジュリオの足が速くなる。

「……うっ、あ…ああっ……ううっ……！　あああっっ！」

絶叫するアンナの髪が完全に黒くなり、目が激しく光り出す。周囲におびただしく咲き乱れる薔薇《ばら》の花。薔薇に埋まる地面から棘《とげ》のついた枝のように太いつるがアンナに伸び絡《から》まる。次の瞬間、何事かと見ていた轟《とどろき》と爆豪《ばくごう》が急に苦しみ出した。

「うっ、うううっ……！」

「なんだこりゃ……⁉」

出久も同じように苦しみながら、その原因に気づいた。

「アンナさんの〝個性〟が……暴走して……」

以前、体感したときよりずっと深い苦痛。アンナがずっと懸念《けねん》していた〝個性〟の暴走が現実になってしまったのだ。

「あっ…あああ、ああああっっ……！」

涙をこぼしながら絶叫するアンナ。棘のついた太いつるが急速に四方八方に撓《しな》る鞭《むち》のごとく伸び始める。アンナの元へ向かおうとしているジュリオに左右からつるが襲いかかるが、間一髪《かんいっぱつ》、出久が抱きかかえ飛んだ。

薔薇の花は地面を覆《おお》い続けていく。倒れたままのダークマイトがそれに呑《の》み込まれていくのを見ていた出久たちだったが、ジュリオは振り向き言った。

「俺をお嬢様のところへ！」

「でも……」

満身創痍《まんしんそうい》のジュリオを心配する出久。けれどジュリオは必死に続けた。

「頼む！」

真剣な目にゆるがない決意を感じた出久は「……うん！」と頷《うなず》き、ジュリオを抱《かか》える手に力を込めてアンナの元へと飛んでいく。近づく出久たちにすごい勢いで伸び撓《しな》るつるが乱舞するように襲う。アンナの身体《からだ》が伸びるつるにどんどんと持ち上げられていく。なんとかつるを避《よ》けながら近づいていくにつれて、アンナの〝個性〟の波動が強くなり、薔薇の花が咲き乱れ飛ぶ。

「く……」

近づけば近づくほど苦痛が増して、出久は一瞬、ジュリオを摑《つか》む手がゆるんでしまった。そこに突然、光る柱が現われ激突した。吹き飛ばされる出久から落下するジュリオが心配するように「デクッ！」と叫ぶ。

光る柱が地面から次々に立ち上がった。

異変は要塞《ようさい》の外でも起こっていた。

「な、なんだ？」

地上で脱出した避難民たちと一緒にいたプロヒーローたちと飯田《いいだ》たちが振動に驚く。崩《くず》れた要塞の下からもやもやとした光が再び溢《あふ》れ出《だ》してくる。

要塞内の地下闘技場でも光る柱が次々出現していた。常闇《とこやみ》が驚き、見上げながら言う。

「これは……⁉」

要塞の近くをヘリで飛んでいたオールマイトの目の前で、壊れたはずの要塞の瓦礫が動き出し元の形へと戻っていく。

「要塞が、修復していく……」

唖然《あぜん》とするオールマイト。

雄英《ゆうえい》本部でも突然のことにただモニターをみつめることしかできなかった。根津《ねづ》校長が呟く。

「一体なにが起こっているんだ……？」

薔薇とつるに呑み込まれ倒れたままのダークマイトの下から光る柱が出現し、どんどん上へと持ち上げていく。仰向《あおむ》けになったダークマイトの身体に光る帯のようなものが巻きつき、全身を覆う。

そして光る柱はダークマイトを地面へと下ろした。その光る柱が高速で収縮し、ダークマイトに取り込まれる。ミイラ男のようなダークマイトが笑うように口を大きく開け、そ

のまま大きく裂けるように膨《ふく》らんで人の形を失う。巨大になっていくその恐ろしい怪物の前には、元の姿で笑うダークマイトが取りこぼされたように現われたが、膨らみに釣《つ》られるように怪物に取り込まれた。

得意げに右手を掲《かか》げ、オールマイトポーズをとった怪物から衝撃波が広がり、一気に光る柱が無数に隆起《りゅうき》してきた。

「……なんか出てきた！」

地上で要塞を見上げていたお茶子《ちゃこ》が、要塞の上部に突如《とつじょ》出てきた何かに気づく。ヘリからオールマイトもその姿を目視して驚愕《きょうがく》する。

「象徴だ……俺が…俺が世界のすべてだ……」

自分の弱さを認められなかった男は暴走したアンナの〝個性〟を浴び、巨大な怪物と化した。

そのとき、要塞の亀裂《きれつ》の陰《かげ》から駆けてきたのは轟だった。〝個性〟の氷結《ひょうけつ》で勢いをつけてダークマイトに向かい氷柱《ひょうちゅう》を出すが、手で払われて吹っ飛ばされてしまう。けれど落下しながらもさらに氷を発生させ、足の間へ軌道《きどう》を変えた。ダークマイトの下をくぐり抜けながら轟は巨大な氷結《ひょうけつ》を放出し、下半身を凍らせる。身動きがとれなくなったダークマイトに遠くから爆破《ばくは》が向かっていき直撃した。

激しい爆破《ばくは》で振動するなか、ジュリオは薔薇のつるに囚《とら》われたアンナの元に向かっていた。苦痛に耐えながらつるをよじ登り、気絶しているアンナの手に義手《ぎしゅ》を伸ばす。一瞬のためらいのあと、ジュリオは強くアンナの手を掴んだ。

ジュリオはアンナの〝個性〟の暴走に一縷《いちる》の望みをかけていた。

〝個性〟が使える右手はなくても、身体のなかに個性因子《こせいいんし》がわずかでも残っていれば、そしてアンナの〝個性〟と適合できれば、アンナの〝個性〟を抑《おさ》えることがまたできるのではないかと。

けれど、変化は起こらない。

「ダメだ……やっぱり〝個性〟が使えねぇ……」

絶望しかけるジュリオ。望みを捨てないために縋《すが》るように掴んだままの手。ジュリオはなりふり構《かま》わず懇願《こんがん》した。

「頼む…頼むよ……頼むから使わせてくれよ……俺に〝個性〟を使わせてくれよぉ……」

神様になのか、個性因子になのか、ジュリオにもわからない。

誰でも、何でもよかった。

大切な人を救《たす》けられるのなら。

爆発で氷結《ひょうけつ》から逃《のが》れたダークマイトの前方に竜巻《たつまき》が発生する。急速に大きくなっていくそれは爆破《ばくは》で回転する爆豪から発生したものだった。榴弾砲着弾《ハウザーインパクト》の凄《すさ》まじい回転速度でダークマイトの腹部を貫《つらぬ》き、大爆発をお見舞いした。

グラリとよろけるダークマイトに間髪入《かんはつい》れず轟から大火力の炎が浴びせられる。

「……もっともっとだ……もっと力をぉぉっ……」

怪物のなかにいるダークマイトは苦痛と熱さに叫ぶ。理性などどうになく、欲に支配されているだけだった。

「く…ううぅ……」

ダークマイトに〝個性〟をさらに吸い取られ、アンナが苦痛に顔を歪《ゆが》める。

ダークマイトの身体が変化していく。両肩が膨らみ、頭が二つ生《は》え、腹も背中も不規則に大きくなり、世にもおぞましい怪物が生まれた。

「ウオォォォ！」

叫ぶダークマイトから衝撃波が広がり、その威力に爆豪と轟が吹き飛ばされる。元々崩れかけていた天井がさらに崩れていく。

「お嬢様！」

ジュリオは瓦礫とつるから落ちそうになるアンナを守ろうと咄嗟《とっさ》に抱きしめた。その瞬間、ジュリオの身体に激痛が走り、周囲に薔薇の花びらが咲き乱れる。

「くっ……！」

激しい苦痛のなか、ジュリオはアンナを抱きしめ続けた。

咆哮《ほうこう》するダークマイトから発せられる吹きすさぶ爆風とアンナの〝個性〟からくる激痛に、轟は亀裂を掴み耐えるのがやっとだった。それは爆豪も同じで身動きがとれない。

「このままじゃキリがねえ」

顔をしかめる轟。爆豪も少し離れた場所で気絶したままの出久に叫んだ。

「くそっ……起きろやデク！　デクッ！」

ジュリオは苦しむアンナを強く強く抱きしめ続ける。

「お嬢様…お嬢様……！」

「う……」

アンナは苦痛のなかで意識を取り戻した。強く抱きしめてくれているのがジュリオだとわかりその背に縋《すが》るように手を伸ばす。

混濁《こんだく》しそうな意識のなか、アンナの脳裏《のうり》に浮かんだのは初めてジュリオと会った日のこと。〝個性〟に苦しむ幼いアンナを救ってくれたジュリオはにっこりと笑って言った。

『これからは……これからは、私がずっと側《そば》におります。私がいれば、お嬢様はちょっとお金持ちなだけの、ただの〝無個性〟な人間です』

幼いアンナにとって、ジュリオは自分を救《たす》けにきてくれた王子様のようなヒーローだった。

苦痛の変化を感じ、ジュリオがゆっくりと目をあける。その瞳《ひとみ》のなかに花の形が浮かび上がった瞬間、二人の周囲の花びらが薔薇の花に変わっていった。

やがてアンナの身体から激しい痛みがゆっくりとひいていき、体内に優しい癒《い》やしの波動が浸透《しんとう》していく。

アンナの表情が柔《やわ》らいでいき、黒かった髪の毛が元の金髪へと戻った。その変化は周囲にも伝わっていく。つるも崩れていき、アンナの〝個性〟も消えていった。

そのとき、出久が目を覚ます。暴風のなか自分のコンディションを把握《はあく》するために拳《こぶし》を握《にぎ》り、力が戻っていることを確かめた。

痛む身体で起き上がった出久を少し離れたところから見やっていた爆豪が無言で「やんぞ」と言わんばかりにダークマイトに視線を移す。

同じく出久が起き上がるのを見ていた轟もダークマイトを見据《みす》え、右手から氷結を、左手から炎を出す。

鬼神《きじん》のような顔でダークマイトを見据《みす》えながら爆豪は爆破を放ち、出久もワン・フォー・オールの力を全身に漲《みなぎ》らせた。

先陣を切ったのは轟だった。氷結でダークマイトを襲う。間一髪《かんいっぱつ》で粉砕したダークマイトに爆豪が爆速で向かう。それを察知したダークマイトが光る柱を放つが、爆破《ばくは》で粉砕された。

出久が身体中に力を溜《た》め込《こ》んでいくなか、爆豪と轟はダークマイトを同時に攻撃していた。二人の爆破《ばくは》と炎に襲われ苦しむダークマイトに追い打ちをかけるよう、出久が間に入り攻撃に加わる。

ダークマイトの皮膚《ひふ》がめくれあがっていく。爆豪と轟の援護攻撃を背にしながら、放電を纏《まと》った出久が飛び出した。ダークマイトめがけ強烈な蹴《け》りを繰《く》り出《だ》し、すぐさま体勢を整え再度蹴りを打ち込む。その蹴りの波動の破壊力にダークマイトの上半身が吹き飛んだ。

ダークマイトの本体が露《あら》わになったところへ、飛んできた出久が凄《すさ》まじい勢いのまま全身全霊をかけた飛び蹴りを食らわせる。出久はダークマイトをそのまま、要塞の巨大なダークマイト像の額《ひたい》に打ちつけた。ダークマイトの怪物の半身がはじけ飛び、ダークマイト像に大きくヒビが入る。

要塞も真っ二つに割れ、今度こそ本当にガラガラと崩れ落ちた。街に要塞の瓦礫が降《ふ》り

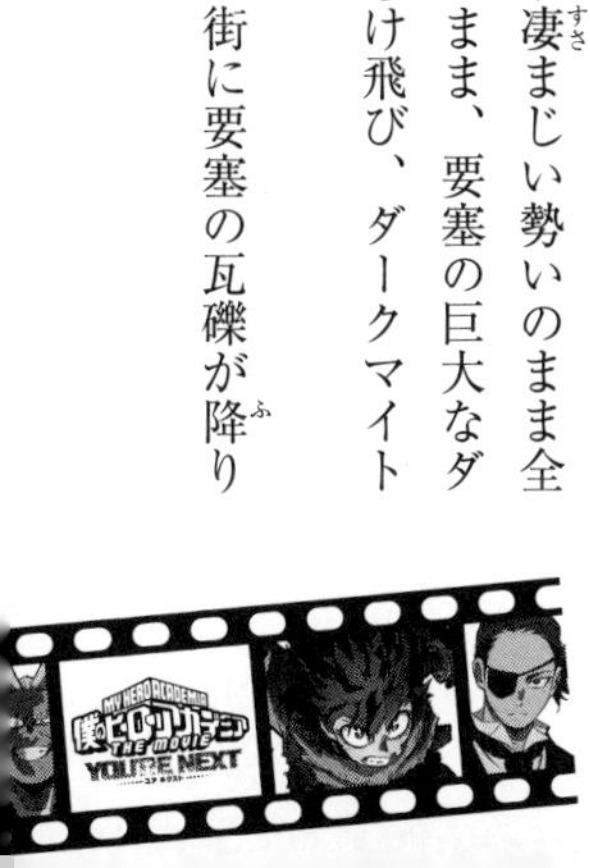

注《そそ》ぐように落下し、土煙が高くあがる。

その様子を地上からオールマイトとプロヒーローたちが、雄英本部で根津校長たちが、そして雄英高校の防壁の上からたくさんの避難民たちが固唾《かたず》を飲んで見守っていた。

完全に崩れ落ちた要塞を見て危機が去ったことがわかると、避難民たちが歓声をあげる。そのなかには出久に救《たす》けられた獣姿《けものすがた》の一般女性と出水洸汰《いずみこうた》、そして大泣きしている緑谷引子《みどりやいんこ》と大喜びしている爆豪光己《みつき》もいた。


要塞の瓦礫のうえでジュリオとアンナは夕日を背に抱き合ったまま気を失っていた。互いが互いを必要としているその光景は美しくて少し切《せつ》ない。

出久をはじめA組の面々が遠巻きに見守っていたが、やがてアンナがゆっくりと目を覚ました。

「ジュリオ……」

わずかな笑《え》みを浮かべながら恐る恐るそうアンナが言ったあと、力が抜けたようにジュリオがぱったりと倒れた。アンナがあわててジュリオの肩をゆする。

「ジュリオ！　しっかりしてジュリオ……ジュリオ！」

しかしジュリオは倒れたままだ。嫌《いや》な予感にアンナの目に涙が浮かんでいく。

「そんな、嫌……お願い、目を覚まして……っ！　ああっ、ジュリオ……！」

必死な声で呼びかけるアンナの目から耐えきれず涙がこぼれる。しがみつくアンナに、出久たちが心配そうに見守る。

だがそのとき、掠《かす》れた声がした。

「勝手に……殺さないでいただけませんか」

「ジュリオ！」

ジュリオは痛む身体を起こし、心配そうなアンナを見据えて言った。

「お嬢様は限界を超え、個性因子を出《だ》し尽《つ》くしました……」

「……すべて《相殺《そうさい》》したというの？」

わずかに目を見開きながら言うアンナにジュリオは冷静に告げる。

「お嬢様の因子を受けて変容した〝個性〟で、《相殺》しました。一《いち》か八《ばち》かでしたが、どうやら私は、あなたの《適合者》だったようです」

ジュリオは自分で立ち上がると座り込んだままのアンナにまっすぐ向き合った。

「これでもう〝個性〟で苦しむことはありません。あなたは正真正銘《しょうしんしょうめい》、ただのお嬢様です……」

そう言って恭《うやうや》しく一礼し、顔をあげたジュリオは口調を一変させる。

「……つまり、契約は終了したってことだ。あんたはもう狙《ねら》われねーし、俺が側にいる必要もねー。好きなものに触れ、どこにでも好きなところに行ける。自由だよ……」

上着を脱ぎ捨て、ジュリオは背を向け足を引きずりながら歩き出した。

もうアンナにとって自分は必要のない存在になった。

〝個性〟に苦しんで自由に人生を謳歌《おうか》できなかったアンナには、これから思うまま感じるまま自由に生きていってほしい。

そこに自分の存在はなくても構《かま》わない。

一人で立ち去ろうとするジュリオを、出久たちはもどかしいような顔で見ていた。

だが、そのときジュリオの背中に小さくぶつかる感触があった。

「……俺の話を聞いてねーのか？」

ジュリオは無表情のまま立ち止まって背中のアンナに言った。アンナは嬉《うれ》しそうな声で応《こた》える。

「聞いてたわ」

「雇用契約は終わったんだよ」

「……よかった、これで対等になれるね」

その言葉にジュリオは戸惑《とまど》いながら振り返る。

「お嬢様……」

「アンナよ」

そう微笑《ほほえ》んでアンナはジュリオに抱きついた。

ジュリオは呆然《ぼうぜん》とし、狼狽《うろた》える。

大切な人に抗《あらが》うのは難しい。それが心の奥底でずっと望んでいたことなら、なおさら。

アンナのあたたかい抱擁《ほうよう》にジュリオの心がゆっくりと緩《ゆる》んでいく。

「アンナ……」

優しくそう言ってジュリオもアンナを抱きしめた。アンナがジュリオの腕のなかで顔をあげ心から幸せそうに微笑む。

二人を見守っていた出久たちもよかったと嬉しそうに笑みを浮かべた。

（ジュリオさん、気づいてます？　笑ってますよ）

そう思う出久に、アンナを優しく見つめ返していたジュリオが振り向き、屈託《くったく》のない明るい笑顔を見せた。それを見た出久も笑みを深くする。

そして雄英高校を振り返った。

防壁の上にたくさんの人々がいるのが見える。それを見ているA組の面々には、少し誇らしげで安堵《あんど》しているような笑顔が浮かんでいた。

MY HERO
ACADEMIA

YOU'RE
NEXT

（取り戻そう……みんなで力を合わせて……取り戻そう、僕たちにしかできない方法で
……みんなに、笑顔を――……）

出久は笑顔でそう決意する。

みんなが安心して心から笑える世界を取り戻すために。

目覚め

暗い洞窟《どうくつ》の奥に、この世界を思い通りにしようとする巨悪、オール・フォー・ワンが座っていた。

その足元に眠るのは死柄木《しがらき》弔《とむら》。

死柄木の目が開く。

それは最終決戦開幕の合図だった。

MY HERO
ACADEMIA

YOU'RE
NEXT

MY HERO ACADEMIA
YOU'RE NEXT

■初出
僕のヒーローアカデミア THE MOVIE　ユア ネクスト　書き下ろし

この作品は、2024年8月公開の映画
『僕のヒーローアカデミア THE MOVIE　ユア ネクスト』（脚本:黒田洋介）
をノベライズしたものです。

［僕のヒーローアカデミア］THE MOVIE　ユア ネクスト

2024年 8月7日 第1刷発行

著　者／堀越耕平 ◉ 誉司アンリ

編　集／株式会社 集英社インターナショナル
〒101-8050　東京都千代田区一ツ橋2-5-10
TEL　03-5211-2632(代)

装　丁／阿部亮爾〔バナナグローブスタジオ〕

編集協力／佐藤裕介〔STICK-OUT〕

編集人／千葉佳余

発行者／瓶子吉久

発行所／株式会社 集英社
〒101-8050　東京都千代田区一ツ橋2-5-10
TEL　03-3230-6297（編集部）03-3230-6080（読者係）
03-3230-6393（販売部・書店専用）

印刷所／中央精版印刷株式会社

Printed in Japan　ISBN978-4-08-703548-3　C0293

検印廃止